Silke Bauerfeind

Blütenschwarz

Vier Erzählungen

Aus der Welten Krümmung

Der Geruch von Schnee

An einen Dirigenten

Bittermandel

die Autorin:

Silke Bauerfeind wurde 1970 geboren und lebt mit ihrer Familie in der Nähe von Nürnberg. Sie studierte Kulturwissenschaften mit den Fächern Literaturwissenschaft, Philosophie und Geschichte und arbeitet als Autorin und freischaffende Künstlerin.
Neben den beiden Lyrikbänden „Wunderstachelblumenanderswelt" und „Da Capo al Fine" veröffentlichte sie bisher zudem gemeinsam mit der autistischen Malerin Kristin Behrmann das Kunstbuch „Meine Lieblingsfarben klingen".

Einen umfassenden Einblick in ihre Arbeiten gibt ihre Website: www.silke-bauerfeind.com

© 2015 Silke Bauerfeind

Herstellung und Verlag:
BoD – Books on Demand, Norderstedt
ISBN 978-3-7386-4297-1

Das Werk, einschließlich seiner Teile, ist urheberrechtlich geschützt. Jede Verwertung ist ohne Zustimmung des Verlages und der Autorin unzulässig. Dies gilt insbesondere für die elektronische oder sonstige Vervielfältigung, Übersetzung, Verbreitung und öffentliche Zugänglichmachung.

Inhalt:

Aus der Welten Krümmung   7

Der Geruch von Schnee   19

An einen Dirigenten   71

Bittermandel   83

Aus der Welten Krümmung

Von Anfang. An.
War alles Chaos.

Schon beim ersten Atemzug werde ich das unbestimmte Gefühl gehabt haben, in einer Welt angekommen zu sein, für die meine Sinne nicht gemacht sind. Natürlich kann ich das heute nicht mehr genau wissen, denn meine bewusste Erinnerung setzt erst später ein, aber es muss so gewesen sein, dass alles anfing, wie es weiter ging und alles weiter ging, wie es anfing, immer und immer wieder, auch heute noch und in Zukunft, so wie die Sonne jeden Tag auf- und wieder untergeht, so wie der Mond jede Nacht durch unseren Garten schleicht und mit seinem Licht die Gräser streichelt, so wie wir jeden Morgen die Augen aufschlagen, einen tiefen Atemzug nehmen, den Tag beginnen, mit den immer gleichen angenehmstrukturigen oder lästigklebrigen Ritualen, so wie in jeder Minute Kinder im Zeitenlauf ausgelöscht und eingewoben werden.

So wie all das setzt sich auch mein Empfinden fort, endlos wellend bis zu einem Tag, der mir nicht bekannt ist, von dem wir alle nichts wissen.

Damals, also zu der Zeit, über die ich heute nur spekulieren kann, aber die ich ab meinem bewussten Erleben als logische Fortsetzung in die Vergangenheit ansehe, damals konnte ich das Gefühl nicht fassen, denn alles war neu und ich wusste nicht, ob es richtig war, so wie es war, und ob ich einfach nicht in der Lage war, das als allgemein anerkannt Richtige in mein Leben zu lassen.

Ich konnte mich nicht verbal artikulieren und ich kann mich an diese Zeit nicht im Detail erinnern; aber mit dem, was ich inzwischen weiß, muss es so gewesen sein, als ob ich aus einer harmonisch-warmen Umgebung mitten ins Dröhnen und Trommeln, ins Laut und Kalt gekommen war. Ein Schleudern aus der Welten Krümmung mitten in die Einsiedelei unserer Zeit, die mich fremd riechend begrüßte. Von aller bisher erlebten Stummheit abgenabelt musste ich meinen Weg als SelbstAtmer beginnen und schaffte es nicht sofort ohne diese übelriechende Maske, die sich um mein Gesicht legte. So fing mein Dasein als der ständig Hilfesuchende an, denn ich brauchte mein lästiges Umfeld schon in den ersten Sekunden, um existieren zu können, und zwar dort, wohin meine überforderten Sinne mich nicht geschickt haben konnten.

Die liebliche Stimme meiner Mutter, die ich wochenlang durch eine wärmende Hülle vernommen hatte, gellte ab diesem Zeitpunkt viele Monate lang in meinem Ohr, wenn sie mit mir sprach, oder wenn sie mir etwas vorsang. Ich konnte es nicht ertragen und musste alle Vibrationen mit meinem eigenen Schreien übertönen. Und ich schrie, um selbst bestimmen zu können, was ich hörte, und um all die Töne und Klänge und Geräusche und Verursacher dieser Welt zu überlisten, damit sie sich nicht mehr in meine kleinen Gehörgänge setzten und dort herumflogen wie eine wild gewordene, gefangene Fliege in einem Glas.

Es dauerte lange bis ich andere Strategien entwickeln konnte, die mich von dem Getöse meiner Umwelt erlösten.

Wenn mich jemand berührte, um mich zu trösten, rollte ich mich in den ersten Jahren ein und wand mich ab, jeder Fingerstrich, jede zarte Berührung schmerzte. Das Sanfte wurde zu einem brennenden Spalt auf zarter Haut und vorsichtiges Massieren verursachte elektrisierendes Kribbeln, das durch Mark und Bein ging. Niemand wusste, wie ich auf Hautkontakt reagieren würde, ich selbst konnte es auch nicht einschätzen, denn alles wandelte sich täglich. Und so wurde mein Leben zu einem stetigen Empfindungsroulette, bei dem mein Umfeld und vor allem ich mitspielen mussten, ob wir wollten oder nicht.

Wenn ich mich in mein leisestachelwattiges Innere verkroch, suchte meine Mutter mich und wartete sehnsüchtig auf meine Rückkehr, denn so sehr ich sie brauche, so sehr braucht sie auch mich – das sagt sie oft.

Ich bin anders, auch wenn alle anderen damals und manchmal noch heute denken, ich sei sehr krank und unendlich zu bemitleiden in meinem Dasein – ich bin einfach anders, anders einfach, anders, aber nicht einfach, denn kognitiv kann ich allen das Wasser reichen, auch wenn mich beinahe jeder unterschätzt und mich behandelt wie einen geistig Kranken – und so versuche ich einen Weg zwischen Besonderheit und Anpassung zu finden, der es mir ermöglicht zu existieren.

Meine Wahrnehmung spielte mir damals immer wieder einen Streich und so konnte ich meine Bewegungen oft nicht kontrollieren, kniff, wenn ich streicheln wollte, biss, wenn ich küssen wollte, schrie, wenn ich leise sein wollte – und! Es ist nicht so, dass ich heute damit zurechtkäme. Nein – ich bestrafe mein Gehirn für die

Befehlsverweigerung der korrekten Weitergabe meiner Emotionen und Bewegungsabsichten an meine Gliedmaßen, indem ich es immer wieder gegen Wände schlage. Irgendwann wird es schon begreifen lernen, denn ich kann leider nicht hineingreifen, nicht eingreifen, es muss selbst begreifen, mein verworrenes Hirn mit seinen Tücken und Talenten.

Ich war nicht, wie ich sein sollte und deshalb wurde ich therapiert, um möglichst weitgehend geheilt werden zu können. Aber ich bedurfte und bedarf keiner Heilung, sondern ich sehne mich danach, einen Schlüssel gereicht zu bekommen, der es mir ermöglicht, aus meinem inneren Gesundsein herauszutreten. Die Krankheitsbeseitiger versuchten die verschiedensten Methoden, um mich zum Laufen, zum Sprechen, zum Spielen, zum Andereanblicken, zum Anderewahrnehmen, zum Andereberühren, zum Andereimmerwiederandere-aushaltenmüssen zu bringen. Sie meinten, mir helfen zu müssen, mich Selbst, mein Ich zu finden. Aber ich war doch schon da.

Mit Hilfe einer Besonderheit konnte ich erlernen, zumindest zeitweise meine Sinne zu regulieren. Und das bemerkte ich, als ich im Sommer auf einer Wiese saß, die schon lange nicht mehr gemäht worden war und auf der deshalb viele lange Grashalme standen. Diese schlanken Stängel, wie sie sich im Winde sanft hin und her wogen, liebkosten meine Augen und mein Gemüt und ich begann sie mir näher anzusehen. Zunächst befühlte ich sie mit meiner Zunge und schmeckte süßlich herrlich glatten Frühling, dessen Streicheln mir so angenehm war, wie bisher nichts zuvor. Dann ließ ich die Halme sehr vorsichtig durch meine Handflächen gleiten und konnte mich dabei beherrschen, nicht sofort zuzugreifen – wie sonst immer bei allem, was das Innere meiner Hände berührt – dieses Mal genoss ich das Kribbeln und den Hauch Grün, der von meiner Haut als Melodie in mein Ohr kroch. Ich fühlte Zungenwind, schmeckte Strukturglatt, roch Halmeslängen und hörte Farbengrün und es war das Wundervollste, das mir bis dahin zuteil geworden war.

Gräser wurden zu meinen Freunden und ich kann noch heute an keinem Halm vorübergehen, ohne mit ihm einen liebreizenden Kreiseltanz zu vollführen. Dieses Kreiseln und Zwirbeln des Grases zwischen meinen Fingern lässt mich alles vergessen, versetzt mich in die Lage, nur noch Kreiselgras zu fühlen und ermöglicht mir, das Chaos der Welt für eine Weile zu ignorieren. Das Durcheinander meiner Sinne lässt mich ein Wunderwerk der Natur wahrnehmen, weil ich meine Eindrücke nicht selektiere.

Das. Chaos. Wird. Zu. Einem. Konzert.

Bis heute spreche ich nicht, weil die Worte dieser Welt in mir eingefaltet liegen. Manchmal schreibe ich, wie jetzt, Buchstaben nieder, aber es ist mühselig und dauert sehr lange. Ich höre und fühle sie, manchmal schmecke ich sie und einige gedachte Buchstaben legen sich wie Erdbeereis oder Kakao auf meine Zunge. Hin und wieder habe ich das Bedürfnis, etwas an die Außenwelt weiterzugeben, doch meistens wallen die Geräusche in mir an Wände, die unüberwindbar um mich herum existieren. Sie prallen dort ab und schnellen zu mir zurück, so dass ich sie doppelt und dreifach höre, mir die Ohren zuhalte und wieder beginne zu schreien. Die

Monotonie des Sprechens verläuft in Wellen und wird lauterundlauterundlauter. Das Echo knallt phrasengleich. Phrasen genügen sich ohnehin klanglos und Botschaften sende ich wellend aus und manchmal – ganz selten – begegne ich jemandem, der mein Stumm hören kann.
Wie. Loanne.

Loanne lernte ich an meinem ersten Schultag kennen. Sie beheimatete das wunderschönste Blau unter einem langen dunkelbraunen Lockenumhang, so dass ich von Beginn an verführt war, mit ihren Haaren zu spielen, sie zu kreiseln, zu zwirbeln, mit ihnen zu tanzen, um dadurch Loannes Musik zu hören. Die Länge ihres seidigen Schmucks schmeckte beim Ansehen nach Zimtsternen und wenn sie vorüberging, hörte ich den Wind und fühlte das Leise über meine Arme streichen. In diesen Momenten liebte ich das Chaos in mir, das es nicht schafft all die Sinneswahrnehmungen auseinanderzuhalten und sie stattdessen vermischt, mich gleichzeitig lauschen, riechen, schmecken und einfach genießen lässt. Diese Komposition in Loannes Gegenwart war die schönste, die ich je hörte.
Loanne wurde von mir niemals gekniffen oder gebissen und von anderen wurden wir interessiert beobachtet. Warum ist er so nett zu ihr, warum kommt es nie zu Entgleisungen, warum lässt er ihre Nähe zu, was geschieht mit ihm, warum, warum, warum? Niemand begriff, dass sich Loanne in mein Empfinden einfügte und mir die Harmonie wiederbrachte, die ich an jenem ersten Tag hinter mir hatte lassen müssen. Nur Loanne und ich wussten, dass sie einen Schlüssel besaß, mit dem sie zu mir vordringen konnte, um sich daraufhin gleichermaßen zu öffnen und mich in ihr Innerstes zu

lassen. So holten wir uns ab und komplettierten uns, denn niemand kann allein existieren, auch eine Wunderstachelblume – so nennt mich meine Mutter manchmal – wie ich nicht.

Und Loanne? Sie war stumm wie ich und hatte trotzdem so viel zu sagen. Sie sprach mit mir, wenn wir auf einer Wiese saßen und unsere Hände gemeinsam über Grashalme strichen. Im Winter lagen wir als Wartekinder auf weißen Teppichen, die unsere geliebten Halme bedeckten, und in den Schneeflocken schmeckten wir das sehnlichsommerliche Zungenprickeln.
Manchmal berührten sich unsere Finger ganz leicht und ohne uns anzusehen, wussten wir, dass wir in jenem Moment dieselbe wundersame Melodie hörten.

Eines Tages unternahmen wir einen Klassenausflug zu einem Schloss, das von einem prächtigwunderschönruhigen Garten umgeben war. Hier wogen sich alte und junge Bäume im Wind und genügten sich allein durch ihre Anwesenheit, verursachten keinen unnötigen Lärm und schenkten sich einander lautlos. In der Ferne sahen wir ein Glashaus, in dem viel Grün wohnte und ein sanfter Geschmack von Himbeereis vermischte sich mit dem süßlichen Klang einer angenehmen Stimme, die von der Schlossseite des Parks herüber wehte. Loanne musste das auch gehört haben, denn wir wandten uns zeitgleich um und sahen eine grüßende Weide sich vorsichtig verneigend. Dahinter stand ein Fensterflügel im ersten Stock des Schlosses weit geöffnet, aus dem ein junges Mädchen winkte. Ihr Haar flatterte im Wind und ein Seidenschal verdeckte kurz den kleinen Mund. „Zitalina…" hörte ich aus dem Inneren des Schlosses und

das Mädchen am Fenster drehte sich um. „Zitalina, komm zu mir" – und ich nahm Loannes Hand in die meine, um die sanftsummende Weide zu besuchen. Diese stolze alte Dame schenkte uns viele dünne Äste, die sie entbehren konnte, mit denen ich KreiselkurbelzwirbelGlückstänze vollführte und mit Loanne an meiner Seite in ein Dasein eintauchte, das unseres war, in dem wir nicht therapiert, geradegebogen, verbessert, gesundet und normalisiert werden mussten.
Wir besuchten die Weide daraufhin an vielen Tagen und ließen uns von ihren langen Ästen in den Schlaf summen, inmitten eines ummantelnden Stumm.
Zitalina konnte ich immer mal wieder an verschiedenen Fenstern des Schlosses entdecken, aber immer nur kurz, dann wurde sie gerufen und verschwand. Meistens hatte ich den Eindruck, dass sie Loanne zuwinkte, als seien sie Freundinnen, die sich auf ein Wiedersehen freuten. - - -

Loanne habe ich schon lange nicht mehr gesehen; sie flog eines Tages mit dem Wind davon. Es war Herbst und Heu lag auf der Wiese; sein Anblick roch schwarz.
Sie lag eine Weile lächelnd neben mir, bevor sie summend zu den Wolken flog und nicht wiederkam.

Ich bin, wann immer es mir möglich ist, im Park bei der alten Trauerweide mit ihren ausladendumarmenden Ästen. Sie wiegt sich im Wind und ich sehe Loanne zwischen den Wolken tanzen und singen, ich rieche ihre Haare auf meiner Haut, schmecke Erdbeereis und halte meine Hände über die Ohren, damit unsere Melodie nicht entweicht.

Zitalina begegnete ich nicht mehr, die Fenster sind immer geschlossen – so wie ich – denn niemand fand bisher den Schlüssel, den Loanne irgendwo liegengelassen hat. Vielleicht hat sie ihn aber auch mitgenommen, dann sollte ich möglicherweise versuchen, ihr zu folgen. Aber im Schloss regt sich nichts, nur die Sonne, die jeden Tag auf- und wieder untergeht, spiegelt sich in seinen Fenstern und der Mond, der jede Nacht durch den Park schleicht, streichelt mit seinem Licht die Giebel.

Und so schlage ich jeden Morgen die Augen auf, nehme einen tiefen Atemzug, beginne den Tag mit seinen immer gleichen angenehmstrukturigen oder lästigklebrigen Ritualen und warte auf den Zeitenlauf.

Meine Mama hat gelernt, mich zu begleiten und so liegt sie manchmal neben mir. Ob sie wohl mit zu Loanne käme, wenn ich sie fragte?

Ganz selten darf sie meine Hand nehmen und dann kommt sie mir ein Stück entgegen in meine Welt, die sie mir unwissend geschenkt hat, damals, an diesem Tag. Ganz. Am. Anfang.

Worte eurer Welt

liegen eingefaltet in mir

und genügen sich

klanglos

im überFluss bunt

kieseliger Wahrnehmung

versickert Ungesagtes

und die Muschel

schließt sich schützend

im Dunkel um mich

Hörst du wenigstens

das eine

mir so lauvertraute

Stumm:

?

Der Geruch von Schnee

Vielleicht müssen uns einfach die richtigen Menschen im Leben über den Weg laufen, damit sich Dinge aus der Vergangenheit ordnen lassen. Was nur, wenn man diesem Jemand niemals begegnet, was passiert dann mit all den unverarbeiteten Geschehnissen, die wie schwingende Bleiseile in unseren Köpfen mal rechts, mal links anstoßen und gegen unsere Schläfen hämmern?
Ich bin Elena. Meine Therapeutin sagte mir, ich solle meine Erlebnisse aufschreiben, dann könne ich vielleicht noch besser Ordnung in alles bringen und die Bleiseile endgültig abhängen. Ich habe keine Ahnung, ob das hilft, aber es schadet wohl auch nicht. Eigentlich geht es mir auch schon viel, viel besser, aber die Seile sind im Moment nur zur Seite gespannt, damit sie nicht mehr pendeln können. Wer weiß, wie lange die Fixierung hält. Es ist eine trügerische Stille, die in mir eingezogen ist, und daher werde ich – hoffentlich ein letztes Mal – alles noch einmal Revue passieren lassen. Einen Roman soll ich nicht schreiben, sagte meine Therapeutin, sondern nur skizzieren, was mir im Nachhinein besonders wichtig erscheint, um es dann endgültig abzulegen.
Damit das gelingt, brauche ich ein Gegenüber, dem ich alles erzählen kann, und daher ziehe ich dich ins Vertrauen, stelle mir vor, dass du mir zuhörst und dich für meine Geschichte interessierst.

Am leichtesten wird es sein, erst einmal über mein aktuelles Leben zu schreiben.
Ich arbeite in einer Bibliothek und habe an ganz normalen Arbeitstagen mit vielen interessierten

Menschen zu tun, die sich Bücher ausleihen möchten oder Informationen brauchen, um eine spezielle Lektüre zu finden. Meistens ist das Routinearbeit. Da ich mich dort auf sicherem Terrain bewege und mich auskenne, helfe ich den Besuchern gern und überdecke mit meiner Kompetenz die Unsicherheit, die mein Leben durchzieht. Es gibt aber immer wieder auch Nachfragen, die mir zu schaffen machen, an mir rühren und mich aus dem Gleichgewicht bringen. Eine Frau erkundigte sich neulich zum Beispiel freundlich nach einem medizinischen Werk über Multiple Sklerose. Ich holte das entsprechende Buch, spürte dabei aber dieses schwere und mulmige Gefühl in der Magengegend, das sich dort oft bemerkbar macht. Es ist jedenfalls immer da, wenn ich in die medizinische Abteilung gehen muss.

Wenn ich nach Hause komme, spule ich mein übliches Programm ab. Die geregelten Arbeitszeiten ermöglichen es mir normalerweise, exakt den Rhythmus einzuhalten, den ich brauche, um die Orientierung zu behalten. Gegen 18 Uhr betrete ich die Wohnung, räume Einkäufe weg, die ich meist auf dem Heimweg noch erledige und ziehe dann meine Sportsachen an. Dann verlasse ich die Wohnung wieder und sobald ich die Tür hinter mir zugezogen habe, laufe ich los, bei Wind und Wetter, ganz egal. Es macht den Kopf frei und betäubt gleichzeitig meine Zwänge, meine vielen Zwänge und Ängste, von denen ich schreiben soll – so empfiehlt es mir jedenfalls meine Therapeutin.

Zu meinem aktuellen Leben gehört auch der freie Donnerstag, an dem ich ausschlafen, viel lesen und spazieren gehen kann. An meinen freien Tagen gönne ich mir auch eine Auszeit vom Joggen, erhole mich körperlich und verlasse selten für längere Zeit das Haus.

Lieber igele ich mich ein und genieße es, wenn niemand anruft und kein Mensch etwas von mir will.

Jeden ersten Donnerstag im Monat bedaure ich jedoch, dass ich nicht arbeiten muss. Spätestens, wenn ich vor meinem Frühstück sitze, beginnt der innere Kampf. Soll ich hingehen oder soll ich mir das heute lieber ersparen? Der monatliche Besuch bei meiner Mutter verlangt mir allerhand ab, aber auch das ist Teil der Therapie und nur dieses Wissen bringt mich immer wieder dazu, schließlich doch aufzubrechen. Die Besuche sind in der Regel unspektakulär. Ich melde mich an der Pforte an, fülle das erforderliche Formular aus und tappe dann die Gänge entlang – erst rechts herum, dann eine gefühlte Ewigkeit geradeaus, zwei Stufen runter und dann links die erste Tür. Diese Strecke könnte ich inzwischen auch im Dunkeln zurücklegen, kenne sie im Schlaf nach all den Jahren.

Ich funktioniere dabei wie in Trance. Sobald ich die Schwelle zur Psychiatrie überschreite, wird ein innerer Panzer in mir aktiv, der mich vor Gefühlsattacken und Erinnerungen an meine Kindheit schützt. Auf diese Weise schotte ich jegliche Emotionen ab, so dass ich meiner Mutter wie mechanisch gegenübertrete.

„Hallo Mama, wie geht es dir?" frage ich immer und strecke ihr meine Hand entgegen. Sie sieht dann von ihrem Stuhl hoch und strahlt, denn sie freut sich jedes Mal, wenn ich komme. Ihre Umarmung lasse ich wie eine steife Puppe über mich ergehen, das Streicheln über meine Wange brennt wie Feuer und ihr Kuss auf meine Stirn stempelt immer und immer wieder die Vergangenheit in meine Haut.

Ich bin froh, wenn sie dann wieder auf dem Stuhl sitzt, sich ihr T-Shirt glatt streicht und wie geistesabwesend vor sich hin lächelt. Wir spielen oft Mensch-ärgere-Dich-nicht, trinken Kaffee, sprechen über das Wetter und nach etwa zwei Stunden gehe ich wieder. Sie ist am Ende immer traurig und ich muss versprechen, bald wiederzukommen.
Ich verspreche es, was auch sonst?

Nach den Besuchen bei meiner Mutter, gehe ich immer Laufen. Noch weniger als sonst interessiert mich an diesen Tagen, ob es regnet oder stürmt – nur bei Schneefall kann ich das Haus nicht verlassen, die Flocken schnüren mir die Kehle zu. Schwierig ist es, wenn ich an Schneetagen arbeiten muss. Gegen das strahlende Weiß setze ich mir dann meist eine Sonnenbrille auf, schütze mich vor der Berührung der Flocken mit einem Schirm und eile so schnell wie möglich zur Bibliothek.
Aber zurück zu diesen Donnerstagen, an denen ich meine Mutter besuche. Danach drängt es mich regelrecht auf die Füße. Sie sollen mich wegtragen – wohin, weiß ich nicht, einfach nur weg, dorthin, wo die Luft beim Atmen mein Innerstes reinigt. Meistens laufe ich dann viel länger als an anderen Tagen. So kann ich sicher sein, dass ich ausgepowert zurück komme und nach einer warmen Dusche sofort müde ins Bett falle. Der Tag ist dann zum Glück zu Ende. Es besteht auch kein Grund, diese ersten Donnerstage im Monat unnötig in die Länge zu ziehen, denn sie werden vier Wochen später ohnehin wieder exakt genauso folgen.
Das exzessive Laufen hilft zwar, aber es eliminiert nicht alle Gedanken an die Vergangenheit, die sich unweigerlich aufdrängen. Leider gibt es kein

Löschprogramm, das die aufwühlenden Erinnerungen und Gefühle komplett beseitigen könnte. Wie sollte das auch funktionieren, wenn ich diese Frau einmal im Monat besuche – diese Frau, die mich einst hütete wie ihren Augapfel.

Ich war ein vollständig umsorgtes Kleinkind, lebte mit meinen Eltern und meiner kleinen Schwester in einem großen Haus mit Garten. Mein Vater war als Pilot ständig unterwegs, aber meine Mutter wich uns Kindern nicht von der Seite. Sie war das, was man heutzutage eine Übermutter nennen würde, kümmerte sich ohne Unterlass und war darüber hinaus sozial engagiert. Sie wurde von Vielen als Vorbild gesehen, da sie ihre eigenen Bedürfnisse stets hinten anzustellen schien, um für uns Kinder da zu sein. Wie es wirklich war, ahnte lange Zeit niemand. Selbst mein Vater war bis zum Schluss der Überzeugung, dass er stets in eine Familienidylle heimkehrte. „Engelchen, was guckst du denn heute so traurig?" fragte er mich immer und übersah dabei, dass er das Wort „heute" jedes Mal benutzte. Ich begreife immer noch nicht, wie ein intelligenter Mann so blind sein kann.

Ich hatte als kleines Mädchen die schicksten Klamotten, meine Haare waren immer frisch gewaschen und zu einer niedlichen Frisur zusammen gebunden und in meiner Kindergartenbox befand sich stets gesundes Essen: eine Karotte oder klein geschnippelte Paprika oder ein Apfel, manchmal auch Vollkornkekse. Niemand wusste, dass ich zu Hause auch kaum etwas anderes zu Essen bekam. Wenn meine Freundinnen ihre Milchschnitten oder Käsebrote auspackten, bekam ich sehr großen Hunger, versuchte das aber lange Zeit zu verbergen, weil es mir peinlich gewesen wäre zu betteln.

Ob den Erzieherinnen das nicht auffiel? Doch sicher, sie machten hin und wieder eine Bemerkung in Richtung meiner Mutter, dass die kleine Elena durchaus einige Kilos mehr vertragen könnte, damit ich ein paar Reserven hätte, wenn ich mal krank würde. Aber Mama tat das immer ab: „Ja, was soll ich machen? Die Kleine hat überhaupt keinen Appetit und ich kann ihr das Essen ja nicht hinein zwingen, nicht wahr?" Dann legte sie mit entwaffnendem Lächeln fürsorglich den Arm um mich und wir verabschiedeten uns. Ich fühlte mich jedes Mal wie im Schraubstock.

Eine mehr oder weniger verlässliche Konstante in meinem jetzigen Leben stellen die Besuche meiner Großmutter dar. Sie kommt regelmäßig am Wochenende vorbei, zwar immer unangemeldet, aber ich kann davon ausgehen, dass maximal vier Wochen zwischen ihren Besuchen bei mir vergehen. Sie hat immer einen Korb mit Leckereien dabei, mit denen sie mich verwöhnen möchte... So wie damals.

Damals kamen meine Großeltern auch oft am Wochenende zu Besuch, ständiger Begleiter war ihr Hund Knut. Ich liebte Knut, weil ich mit ihm spielen und toben konnte und weil es stets eine gute Gelegenheit war, mich der ständigen Gegenwart meiner Mutter zu entziehen. Anfangs war es eine unbefangene Freude, die mich überkam, wenn Oma und Opa klingelten, um mit uns ein paar Stunden zu verbringen. Es gab jedoch einen Nachmittag, den ich nie vergessen werde und der alles veränderte.

Ich war vier Jahre alt. Es war einer der Tage, an denen ich entsetzlich großen Hunger hatte, weil Mama mir noch nicht viel zu Essen gegeben hatte. Trotz des Besuchs meiner Großeltern und des Kuchens auf der Kaffeetafel, durfte ich kein Stück essen. Ich hätte mir den Magen verdorben, erklärte Mama den anderen und lächelte mich an, während sie mir eine Tasse Kamillentee einschenkte. Ich war den Tränen nahe und so hungrig und ich wusste nicht, was ich tun sollte, denn ich durfte mit niemandem darüber sprechen, wie viel ich aß, das hatte meine Mutter mir eingeschärft.

„Darf ich aufstehen, Mama? Ich muss aufs Klo", fragte ich nach einer Weile.

„Ja sicher, Schatz. Ist dir wieder übel? Soll ich mitkommen?"

„Nein, ich kann alleine gehen." Und schon war ich von meinem Stuhl herunter gerutscht und zur Tür hinaus geschlüpft. Knut kam mir sofort hinterher und huschte an mir vorbei in die Küche. Ich musste natürlich gar nicht auf Toilette, sondern wollte den anderen nur nicht länger beim Essen zusehen, daher folgte ich Knut, der sich bereits in der Küche über seinen Napf hermachte. Es wird für dich jetzt absolut verrückt klingen, aber ich hatte so großen Hunger, dass selbst das klebrige Hundefutter eine verführerische Anziehung auf mich ausübte. In den Küchenschränken befand sich nichts zu essen, da Mama alles im Keller eingeschlossen hatte und wenn ich etwas aus dem Kühlschrank nahm, fiel es sofort auf und ich bekam Riesenärger. Daher überlegte ich nicht lange und setzte mich zu Knut auf den Küchenboden, steckte meine kleine Hand in den Napf und naschte von dem Futter. Knut störte das nicht, er schlabberte weiter in seiner Schüssel und ich empfand keinerlei Ekel. Ich weiß nicht, wie es schmeckte, spürte nur, dass etwas in meinem Mund war, das ich kauen konnte und wie es wohltuend

meine Speiseröhre hinunterrutschte und den Magen füllte. Knut und ich aßen gemeinsam den Napf leer.
Doch als ich am Schluss meine Hand ableckte, kam Opa herein. Er sah mich mit großen Augen an und ich erschrak fürchterlich.
„Opa, bitte nichts Mama sagen. Bitte nicht", flehte ich ihn an.
„Kleines, was machst du denn hier? Du kannst doch nicht das Hundefutter essen."
„Wollte nur ein bisschen probieren. Bitte nichts Mama sagen."
Mein Großvater hob mich auf seinen Arm und setzte sich dann mit mir auf den Küchenstuhl, der vor dem Fenster an einem kleinen Tisch stand.
„Ich werde nichts sagen, Kleines, aber ich dachte, du hast dir den Magen verdorben und jetzt isst du Hundefutter?"
Er schüttelte ungläubig den Kopf.
„Geht mir schon wieder gut. War nur ein bisschen ...", weinte ich.
„Möchtest du dann noch einen Schokoladenkeks essen?" fragte er mich lächelnd.
„Hast du denn einen, Opa?"
„Ja, habe ich. Aber ich muss nebenbei kontrollieren, ob du nicht Fieber bekommst, wenn du noch etwas isst, ja mein Kleines?"
Ich verstand nicht ganz, aber Fieber messen war damals als Gegenleistung für einen Keks in Ordnung.
„Ja Opa. Bekomme ich jetzt den Keks?"
Er gab ihn mir und dann schob er mir zum ersten Mal seine große Hand unter das Kleidchen, ließ sie kurz auf meinen schmalen Oberschenkeln liegen und fuhr dann mit dem Finger unter mein rosafarbenes

Samstagsunterhöschen. Ich erschrak. „Pscht, alles in Ordnung. Du hast kein Fieber", flüsterte er. Ich weiß noch als ob es heute gewesen wäre, dass ich das nicht wollte und dass es sich nicht schön anfühlte. Aber ich weiß auch noch genauso gut, wie groß mein Hunger war und dass dieser Hunger jahrelang anhielt, so wie die Besuche meiner Großeltern. Ab diesem Nachmittag hatte mein Opa immer eine geheime Tasche mit Leckereien dabei.

Vor einiger Zeit sah ich beim Laufen durch den Park auf einer sonst meist leeren Bank einen Mann sitzen, der mir einen langen Blick und ein umwerfendes Lächeln zuwarf. Er sah dazu unverschämt gut aus und war wohl etwa in meinem Alter, so um die 30. Ich wusste in dem Moment gar nicht, wie ich reagieren sollte, schaute schnell in eine andere Richtung und joggte im Eiltempo noch ein bisschen schneller an ihm vorbei. Danach war ich jedes Mal beim Laufen sehr aufgeregt, weil ich hoffte, aber zugleich auch fürchtete, ihn dort wieder anzutreffen. In den Tagen darauf war er jedoch nicht da. Es wäre ja auch ein Riesenzufall gewesen, dachte ich mir und überlegte, dass er vielleicht auch gar nicht aus der Gegend kommt und dass der Blick, den ich aufgefangen hatte, sowieso nur Wunschdenken war und dass ich mir sein Lächeln nur eingebildet hatte. Ich bin beziehungsunfähig, das sollte ich mir endlich eingestehen und nicht immer wieder auf Schmetterlinge in meinem Bauch hereinfallen, dachte ich und versuchte den Gedanken an diesen Mann aus meinem Kopf zu verbannen.

Es kam der Rosenmontag, ein Tag an dem die Bibliothek nur den halben Tag geöffnet hat. Ich war also um 13 Uhr außerhalb der schützenden Bibliothekswände wieder unter Menschen. Beim Arbeiten fühle ich mich wohl, weil es ruhig und alles wunderbar geordnet ist. Die Bücher um mich herum geben mir Geborgenheit. Von Kindheit an waren Bücher für mich eine Flucht aus der Realität in eine Welt, die ich selbst wählen konnte. Wenn mir ein Buch nicht gefiel, legte ich es wieder zur Seite und las ein anderes. Niemanden interessierte das, niemandem musste ich erklären, warum ich es tat. Und jetzt in meinem Berufsleben habe ich all diese vielen Bücher um mich herum, die mir keine Fragen stellen, denen ich nichts erzählen muss, sondern die ich katalogisieren und ordnen darf. Die Menschen, die kommen, um sich die Bücher auszuleihen sind meist sehr angenehm, weil uns die Leidenschaft für das Lesen verbindet. Sie fragen niemals etwas Persönliches und gehen wieder, wenn sie gefunden haben, was sie suchten.

So wie an den ersten Donnerstagen im Monat, bedauerte ich deshalb auch am Rosenmontag, dass ich nicht länger arbeiten durfte. Das Treiben auf der Straße behagt mir einfach nicht. Viele Menschen laufen ausgelassen und gut gelaunt umher, verkleiden sich, singen und tanzen und freuen sich miteinander. Ich habe noch nie begriffen, worüber sich die Menschen an diesen Tagen freuen. Offenbar gibt es dafür einen Grund, der sich mir noch nicht erschließen konnte. Warum rufen sich wildfremde Menschen oder Leute, die sich sonst nicht leiden können, freudige Grüße zu, um dann am nächsten Tag wieder im Grau des Alltags zu versinken und sich manchmal nicht einmal wiederzuerkennen?

Aber vielleicht ist es auch meine Schuld, dass ich den Sinn dahinter nicht erkenne, weil ich nicht in der Lage bin, mich unbeschwert für die Schönheiten des Lebens zu öffnen. Das ist jedenfalls der Vorwurf, den mir Torsten immer machte. Torsten – tja, soll ich jetzt von ihm anfangen? – Er war meine große Liebe, wenn man das so nennen kann. Er behauptete zwar am Schluss, dass ich ihn niemals richtig geliebt hätte, aber er verstand meine Art zu lieben nicht. Daraus kann ich ihm wohl auch keinen Vorwurf machen, da ich ihm nie von meiner Vergangenheit erzählt hatte. Oft hatte er mich nach meiner Familie gefragt, wollte wissen, wo ich aufgewachsen war, wollte meine Eltern kennenlernen, Anteil haben an dem Abschnitt meines Lebens, der unwiderruflich zu mir gehörte – meiner Kindheit.

Ich verschloss ihm diese Tür und daran zerbrach schließlich auch unsere Beziehung. Er hielt es nicht mehr aus und sagte, ich würde ihm nicht vertrauen und ihn ausschließen. So hätte das alles keinen Sinn mehr mit uns. Das meiste, was er sagte, stimmte. Nur, dass ich ihm nicht vertraute, stimmte nicht. Ich konnte ihm nur trotzdem keinen Einblick in meine Kindheit gewähren. Das war einfach nicht möglich. Ich konnte nicht anders, als bei seinen Nachfragen zu verstummen und stumm nahm ich irgendwann auch die Trennung hin.

Was er wohl sagen würde, wenn er das hier lesen würde? Nun, es ist nicht mehr wichtig, denn er hat sich längst anders orientiert und in einer anderen Stadt, weit weg, eine kleine Familie gegründet. Auch das wäre mit mir wohl niemals möglich gewesen.

Ich bin seitdem allein, inzwischen seit gut zwei Jahren.

Auch am Faschingsdienstag hatte ich einen verkürzten Arbeitstag, über den ich im Nachhinein jedoch gar nicht so unerfreut war. Das lag daran, dass ich den Mann im Park wiedersah. Ich hatte eigentlich nicht damit gerechnet, überhaupt jemanden im hintersten Teil des Parks zu sehen, den ich als Laufstrecke gewählt hatte. Umso überraschter war ich, ausgerechnet dieses Lächeln wieder aufzufangen.

Er saß auf einer Parkbank und las in einem dicken Buch. Seine Hände waren in Handschuhen versteckt und sein Gesicht zunächst nur schwer unter einer wollenen Mütze auszumachen. Aber als er den Blick hob, erkannte ich ihn sofort. Dieses Blaugrau hatte mich schon beim ersten Mal fasziniert, obwohl die Berührung unserer Blicke beide Male nur einen kurzen Moment andauerte.

Ich lief an ihm vorüber und lächelte zurück. Jedenfalls glaubte ich, dass ich lächelte, es fühlte sich so an, irritierte mich aber zugleich, weil ich fremden Menschen gegenüber normalerweise misstrauisch bin und ihnen schon gar nicht zulächele. Ein paar Meter weiter dachte ich einen kurzen Augenblick darüber nach, mich umzudrehen, um vielleicht einen weiteren Blick aufzufangen oder zu sehen, ob der Mann mir nachsah. Aber ich beherrschte mich, tat es nicht, lief einfach weiter – und verfluchte mich keine paar Sekunden später für meine Verbohrtheit, für meinen Stolz und meine seltsame Art, mit solchen Momenten umzugehen.

Als ich zuhause unter dem warmen Duschstrahl stand, schalt ich mich selbst eine törichte Frau, die im Alter von 31 Jahren nicht in der Lage war, mit solchen Begegnungen souveräner umzugehen. Gleichzeitig irritierte mich, dass mich dieser Mann überhaupt so beschäftigte. Denn der Gedanke an ihn ließ mich nicht

los und als ich die Strecke im verlassenen Teil des Parks am nächsten Tag erneut lief, war ich enttäuscht, ihn nicht wieder anzutreffen. In Gedanken und Grübeleien versunken, passte ich dann nicht richtig auf und stieß mit einem kleinen Mädchen zusammen, das mit einem grünen Roller auf dem Weg entlang rutschte. Wir stürzten beide und sie schürfte sich dabei die Hände auf.
„Oh, entschuldige, hast du dir sehr weh getan?" fragte ich das Mädchen, das schon anfing zu schluchzen.
„Ja… Mama… Mamaaaa!"
Wie ich es hasse, wenn Kinder so losplärren! Ich kann das nicht gut vertragen. Die Mutter der Kleinen kam schon angelaufen und beugte sich besorgt über ihre Tochter.
„Das ist nicht so schlimm, Mäuschen, wir waschen zu Hause den Schmutz ab und dann wird es schnell wieder besser." Sie streichelte ihrer Tochter über den Kopf.
„Haben Sie sich denn etwas getan?" fragte sie mich.
„Nein, nein, alles in Ordnung." Ich war erstaunt, dass sie mir gar keine Vorwürfe machte.
„Es tut mir leid", setzte ich an „ich habe nicht richtig auf den Weg geachtet."
„Das hat Lisa auch nicht, machen Sie sich keine Gedanken, es ist ja nichts Schlimmes passiert."
Die Frau war sehr nett und ich erinnerte mich zurück an eine Begebenheit aus meiner Kindheit, in der ich mit einem Jungen zusammengestoßen war und mir eine Schürfwunde am Knie zuzog. Meine Mutter packte mich sofort ins Auto und fuhr mit mir zum Arzt. Es war vollkommen übertrieben, denn dort wurde der Kratzer – mehr war es nämlich nicht – desinfiziert und dann ein Pflaster darüber geklebt. Jede normale Mutter hätte das zuhause selbst erledigt, aber ich wurde wegen allem zum

Arzt geschleift, selbst wenn ich gar nichts Gravierendes hatte. Allerdings waren das noch die harmloseren Zeiten. Was sich meine Mutter sonst noch einfallen ließ, übersteigt wahrscheinlich deine Vorstellungskraft, denn selbst Menschen, die damals direkt an unserem Leben Anteil hatten, merkten überhaupt nicht, was ablief.

Nach den beiden Faschingstagen folgte wieder ein normaler Arbeitstag. Einige meiner Kollegen kamen verkatert in die Bibliothek, weil sie ausgelassen gefeiert hatten. Sie waren daher etwas langsamer bei der Arbeit, aber ich erledigte gern ein paar Aufgaben mehr, um das auszugleichen. Nach dem Einkaufen schlüpfte ich in meine Sportklamotten und lief wieder los. Ich überlegte, welche Strecke ich wählen sollte, um den Mann wiederzutreffen. Ja, ich dachte immer noch an ihn. Während ich noch darüber nachgrübelte, welchen Parkeingang ich ansteuern sollte, sah ich ihn an einer Ampel lehnen. Er hatte wieder das dicke Buch in der Hand und las darin, während er auf grünes Licht wartete. Ich stand auf der anderen Straßenseite und trabte auf der Stelle, um nicht abzukühlen. Nervös hoffte ich, dass er mich bemerken würde, und wollte es gleichzeitig lieber vermeiden, um nicht in die Verlegenheit zu geraten, irgendwie reagieren zu müssen. Er sah auf, und zwar direkt in meine Augen, als ob er schon beim Lesen genau gewusst hatte, dass ich dort stand und wohin er seinen Blick richten musste. Eine warme Welle durchflutete mich und ich wusste nicht, was ich tun sollte.
Es wurde grün.
Wir begegneten uns etwa in der Mitte der Straße und ich lief weiter, ohne etwas zu tun oder zu sagen. Aber er tat auch nichts. Allerdings konnte ich mich dieses Mal nicht

beherrschen und drehte mich noch einmal um. Ich sah seinen Rücken, den Hinterkopf, der mit einer Wollmütze bedeckt war und das dicke Buch, das er gerade in seine Tasche steckte, die um seine Schulter hing. Dabei drehte er sich leicht nach rechts und unsere Blicke berührten sich doch noch einmal ganz kurz. Schnell drehte ich mich weg, weil ich mich ertappt fühlte, nicht wusste, wie ich mit dieser Situation umgehen sollte und nahm für den weiteren Weg ein deutlich höheres Tempo auf.

Ich muss dir vorkommen wie ein kleines Schulmädchen. Es war auch schrecklich, wie ich mich anstellte und es ist mir ziemlich peinlich, das hier aufzuschreiben.

Nur zu gern würde ich mich bei meinen weiteren Schilderungen um gewisse Details drücken. In diesem Moment kommt mir jedoch in Verbindung mit dem gerade abgeschlossenen Faschingsthema noch eine Episode aus meiner Kindheit in den Sinn.

Als wir im Kindergarten eine Faschingsfeier hatten, war das das Paradies für mich, denn jeder durfte sich an einem Buffet mit Leckereien bedienen und war nicht auf das beschränkt, was von zu Hause in die Essensbox gelegt worden war. Ich wusste gar nicht, was ich zuerst und zuletzt essen sollte, und genoss diesen Vormittag. Als meine Mutter mich abholte, stand ich gerade an einem Tisch und nahm mir ein Stück Schokoladenkuchen. Sie kam mit schnellen, kleinen Schritten auf mich zu und drückte sanft, aber bestimmt, meinen Arm nach unten, so dass ich mir den Kuchen nicht in den Mund schieben konnte.

„Ich glaube, du hattest genug heute Morgen, nicht wahr mein Schatz?" zischelte sie mir zu.

„Ja, Mama", gab ich sofort auf, denn ich wusste, dass sie keine Widerrede dulden würde. Wir gingen nach Hause und dort bekam ich ein großes Glas Wasser zu trinken, das meinen Magen reinigen sollte, so die Worte meiner Mutter. Es schmeckte scheußlich, das weiß ich noch ganz genau und danach wurde mir schrecklich übel. Ich musste mich übergeben und lag die nächsten Stunden auf dem Sofa. Immer wieder sollte ich von diesem übel schmeckenden Wasser trinken, damit es besser werden würde. Aber es wurde nicht besser und schließlich gingen wir wieder zum Arzt.

„Das kommt schon mal vor, dass sich Kinder den Magen verderben", meinte er. „Morgen wird es wieder besser sein", er lächelte mir freundlich zu.

„Ich finde es nicht normal, dass sich ein Kind stundenlang übergeben muss", entgegnete meine Mutter damals. „Das müssen wir beobachten, falls doch etwas anderes dahinter steckt."

„Ja, sicher", Dr. Kardo war die große Fürsorge meiner Mutter nicht neu „wenn es nicht besser werden sollte, kommen Sie wieder und dann sehen wir weiter."

Sie murmelte unzufrieden vor sich hin, aber dann gingen wir nach Hause.

Diese Dinge haben sich mir eingeprägt. Ich kann mich an viele solcher Erlebnisse sehr genau erinnern, obwohl ich damals noch ein kleines Mädchen war. Manche Vorkommnisse brennen sich ein, das weiß ich heute, und ich habe immer noch große Probleme damit, dass mir damals nicht viel schneller jemand half. Dafür musste die Situation zu Hause erst noch bedeutend schlimmer werden. Wahrscheinlich liegt darin meine Skepsis anderen Menschen gegenüber begründet. Und sicher habe ich auch mein dämliches Verhalten Männern gegenüber diesen Erfahrungen zu verdanken.

Du wirst dich vielleicht fragen, ob es keine weiteren Menschen in meinem Leben gibt. Nun ja, ich lebe in der Tat sehr zurückgezogen. Meine Oma kommt immer mal wieder vorbei, davon berichtete ich schon, und meine Freundin Kati verbringt dann und wann einen Abend mit mir – entweder gemütlich zu Hause oder, wenn sie mich überreden kann, auch manchmal in einem netten Bistro oder einer Bar. Sie meint, ich müsse öfter unter Leute kommen, vor allem seit meiner Trennung von Torsten. Ich sträube mich meistens dagegen und entgegne dann, dass es nicht jedem gefallen müsse, sich ins Nachtleben zu stürzen, aber sie lässt sich inzwischen nicht mehr auf lange Diskussionen ein, sondern kommt an manchen Abenden zu mir und erklärt gut gelaunt: „Heute gehen wir aus. Zieh dir was Schönes an."

„Och neee, ich habe gar keine Lust", das ist die Antwort, die ihr meist entgegen schlägt und mit der sie auch immer schon rechnet.

„Die Lust kommt dann schon. Los, ich warte hier, ab ins Bad, mach dich fertig."

„Mir ist heute gar nicht so gut."

„Elena! Los jetzt!"

„Ach, Kati, muss das sein?"

„Ja, es muss. In einer Viertelstunde gehen wir."

So oder so ähnlich laufen die Gespräch dann ab, auch an jenem Mittwochabend, von dem ich als nächstes erzählen möchte. Da ich donnerstags immer frei habe und die Ausrede, am nächsten Tag fit sein zu müssen, nicht zählt, überfällt Kati mich gerne mittwochs.

Nach dem üblichen hin und her gingen wir aus. Vielleicht ahnst Du es schon? Ja, genau. Wie der Zufall es wollte, wählten wir eine Bar, in der auch mein Wollmützenmann saß. Kati und ich saßen in einer gemütlichen Ecke, tranken Gin Tonic und knabberten an ein paar Salzstangen, als ich aufsah und mitten in dieses Blaugrau blickte. Ich hielt den Atem an, mein Herz machte einen Sprung, mein Magen zog sich sanft zusammen und mein Fuß begann unter dem Tisch zu wippen. Ich war nervös und Kati merkte das sofort.

„Was ist los, Elena, sitzt da drüben Brad Pitt?"

„Was?... Nein,... ich habe keine Ahnung. Was hast du gesagt?" stotterte ich herum, ohne den Blick von ihm zu lösen.

„Elena? Ist alles in Ordnung?" Kati tätschelte amüsiert meine Hand, mit der ich nervös am Glas herum klimperte.

„Wie bitte? Nein, ich muss morgen nicht arbeiten, das weißt du doch." Ich sah in ihre großen Augen, über denen sich geschwungenen Brauen fragend in die Höhe zogen.

„Aha", meinte sie grinsend. „Was meinst du, soll ich mich umdrehen und nachsehen, wer dich so nervös macht oder wäre dir das unangenehm?"

„Was? Nein, bloß nicht. Nicht umdrehen, Kati, bitte nicht." Nicht auszudenken, wie peinlich das gewesen wäre. Zum Glück dachte Kati bei solchen Dingen mit und reagierte nicht wie ein dummes Huhn – so, wie es die meisten anderen getan hätten.

„Und erzählst du mir dann bitte, was sich da hinter meinem Rücken befindet?" fragte sie weiter grinsend. „So habe ich dich ja schon lange nicht mehr erlebt."

„Ähm, ja…" Ich wusste nicht, was ich tun sollte, war damit beschäftigt, darüber nachzudenken, ob ich wieder zu ihm hinsehen sollte, und gleichzeitig sollte ich Kati erzählen, was in mir vorging. Das war zu viel.
„Ich… Ich weiß nicht, Kati. Können wir bitte gehen?"
„Nein, wir sind doch eben erst gekommen. Wenn du mir nicht sagst, was los ist, dann drehe ich mich jetzt doch um."
„Nein! Nicht!"
Ich konnte nicht anders, sah wieder zu ihm hin und fing sein Lächeln auf. Im Gegensatz zu mir, saß er souverän an seinem Tisch – allein – und prostete mir zu. Ich weiß nicht, was mein Gesicht in diesem Moment tat; ich hasse es, wenn ich das nicht unter Kontrolle habe. Auf jeden Fall zuckten meine Mundwinkel und ich strich mir eine lange blonde Haarsträhne aus dem Gesicht.
„Elena?" Das war wieder Kati.
„Ja… warte." Ich atmete zwei Mal tief durch und sah sie dann fest an.
„Da hinten sitzt ein Mann, den ich ein paar Mal beim Joggen im Park gesehen habe. Sonst nichts."
„Aha, sonst nichts. Das sehe ich."
„Ja, sonst nichts."
„Das kannst du deiner Oma erzählen. Weiter! Was ist mit ihm?"
„Nichts ist mit ihm. Er sieht … gut aus."
„Ich werde mich doch umdrehen."
„Nein! Kati, tu das nicht, bitte."
„Dann erzähl weiter", sie nippte amüsiert an ihrem Gin.
„Es ist wirklich nichts. Wir haben noch nie miteinander gesprochen, hatten nur zwei, drei Mal Blickkontakt."
„Der muss es aber in sich haben, dieser Blickkontakt! Jetzt machst du mich wirklich neugierig. Ich werde mal

auf Toilette gehen, um einen unauffälligen Blick auf ihn zu werfen."
„Untersteh dich! Kati, du bleibst hier! Du lässt mich jetzt nicht allein hier sitzen!" Ich bekam regelrecht Panik.
„Ist ja schon gut", sie legte ihre Hand auf meine und fragte dann ruhig und ernst: „Willst du ihn kennenlernen?"
„Was…?"
„Ob du ihn kennenlernen möchtest, das ist eine ganz normale Frage und auch eine ganz normale Sache, dass sich Menschen kennenlernen."
„Ich weiß nicht..."
„Vielleicht würde es dir gut tun. Es wird Zeit, Elena, dass du aus deinem Schneckenhaus heraus kommst."
„Ich weiß nicht..."
Sie seufzte. Und ich sah aus den Augenwinkeln, dass er aufstand und an die Bar ging.
„Er steht auf, Kati, was mache ich denn jetzt?"
„Du machst nichts, bleib einfach sitzen, ich komme gleich wieder."
Sie stand auf, drehte sich um, ging an der Bar vorbei und war verschwunden, bevor ich protestieren konnte. Ich wusste weiterhin nicht, was ich tun sollte und spielte nervös in meinen Haaren herum. Und da stand er auf einmal neben mir.
„Schönen guten Abend. Ich freue mich, die emsige Sportlerin mal in Ruhe treffen zu können", sagte er.
„Ja…" ich war so nervös und wusste nicht, ob ich sitzen bleiben, mich hinstellen oder was auch immer tun sollte.
„Ich bin Mark." Er streckte mir die Hand entgegen. Seine Stimme klang angenehm tief und freundlich und endlich gelang mir ein Lächeln, als ich ihm meine Hand gab.

„Freut mich auch, ich bin Elena." Das ging doch leichter als gedacht.

„Deine Freundin kommt gleich wieder?"

„Ja, aber setz dich doch." In dem Moment als ich es sagte, erschrak ich gleichzeitig über diesen Vorschlag.

Er schmunzelte. „Gern."

Mark zog sich einen weiteren Stuhl an den Tisch und winkte der Bedienung, damit sie sein bestelltes Getränk an den neuen Tisch bringen würde.

„Läufst du jeden Tag?"

„Ja, und liest du jeden Tag dieses dicke Buch?" platzte ich heraus.

Er lachte. „Nein, nur im Moment, ich bin froh, wenn ich es endlich zur Seite legen kann."

Seine Augen machten mich nervös und er hatte sehr schöne Hände. Wo blieb Kati?

„Warum denn? Ist das Buch nicht so gut wie erwartet?" Ich kurbelte an meinen Locken herum und er schmunzelte wieder, wobei zwei wunderbare Grübchen auf seinen Wangen sichtbar wurden.

„Es ist ein Fachbuch. Ich muss zurzeit viel lernen und daher schleppe ich ständig diesen Schinken mit mir herum."

„Hallo, ein neues Gesicht an unserem Tisch!" Kati war wieder da. Sie setzte sich auf ihren Platz und grinste uns beide an.

„Ja, hallo, ich bin Mark."

„Kati. Ich wusste gar nicht, dass Elena so attraktive Männer kennt."

Musste das denn sein? Kati machte mich mit ihrer direkten Art manchmal wirklich sprachlos und in dieser Situation fühlte es sich zudem äußerst peinlich an.

„Kati… Bitte…" zischelte ich.

„Naja, wir kennen uns ja auch nicht – noch nicht wirklich", er lächelte wieder.
„Aber danke für die Blumen."
Mir war das wirklich peinlich und so versuchte ich, dort anzuknüpfen, wo wir zuvor gewesen waren.
„Was ist das denn für ein Fachbuch?"
„Dermatologie. Ich lerne für den Facharzt in Hautheilkunde."
Das saß! Arzt! Facharzt! Hautarzt! Mediziner! Nein, ohne mich.
„Kati, ich glaube, ich möchte jetzt doch lieber gehen, mir ist nicht gut."
Die beiden sahen mich überrascht an. „Habe ich etwas Falsches gesagt?" fragte Mark besorgt.
Ich sah ihn nicht an, sondern blickte Kati starr in die Augen: „Ich will gehen. Bitte!"
„Was ist denn los, Elena?" Kati fiel aus allen Wolken und berührte mich am Arm.
„Lass sofort los!" entgegnete ich scharf und wand mich aus ihrer Berührung. „Ich will sofort gehen!"
„Entschuldige, Mark, aber ich weiß auch nicht, was los ist...", meinte Kati mit einem Schulterzucken.
„Entschuldige dich nicht für mich, Kati!" Ich stand abrupt auf und stieß dabei mein Glas um, das noch halb voll war. Der Inhalt ergoss sich über den Tisch und tropfte auf Marks Hose. Er rutschte deshalb schnell mit seinem Stuhl zurück und stand mir im Weg.
„Lass mich sofort durch!" raunzte ich ihn an. „Sofort!" schrie ich.
„Ja doch, entschuldige... was ist denn nur los?" Er verstand nichts und Kati auch nicht.
„Bleib ruhig hier, ich finde allein nach Hause, Kati. Einen schönen Abend noch."

Und dann war ich weg.

An meinem freien Donnerstag, der darauf folgte, wagte ich mich nicht aus der Wohnung und schwankte gefühlsmäßig zwischen Verzweiflung und Scham. Ich hatte mich unmöglich aufgeführt, alles kaputt gemacht und zertrampelt, was so zart angefangen hatte. Kati hatte ich auch verprellt. Wahrscheinlich würde ich sie niemals wiedersehen. Und dann kamen die Erinnerungen in Wellen, immer höher schlugen sie, die Gedanken an meine Mutter, wie sie meine kleinen Arme in viel zu heißem Wasser badete und ich nicht mehr aufhörte zu schreien als sie mir sagte, dass müsse sein, um Bakterien abzutöten. Ich war außer mir und dann fuhr sie wieder mit mir zu Dr. Kardo.

„Sehen Sie sich das an. Mein kleines Mädchen muss entsetzlich leiden. Die Arme sind heiß und rot! Was sollen wir nur tun?" Ich weinte und der Arzt sah sich bestürzt meine Arme an.

„Wir müssen das untersuchen, ich werde eine Probe entnehmen, um einen Allergietest machen zu können. Elena, ich werde nur ein bisschen abschaben, das tut nicht sehr weh." Er war immer so nett zu mir, aber ich weinte und weinte.

„Schaben Sie richtig viel ab, Dr. Kardo, richtig viel, damit wir dann auch wissen, was los ist." Meine Mutter war unnachgiebig. Warum nur tat sie mir das an? Warum nur?

Auch den Freitag verbrachte ich eingeschlossen in meiner Wohnung. Nach dem Anruf morgens in der Bibliothek, um mich krank zu melden, stöpselte ich das Telefon aus und legte mich wieder ins Bett. So vergingen die Stunden, der ganze Tag und auch die darauf folgende Nacht. Am

Samstag wachte ich von energischem Klopfen an meiner Tür und Katis Stimme auf.

„Elena! Bist du da?"

Und wieder Klopfen. „Verdammt, Elena, mach die Tür auf!"

Ich zog mir die Decke über den Kopf, wollte nichts sehen und hören, schämte mich noch immer für den Donnerstagabend.

„Elena! Ich hole deinen Vermieter, wenn du nicht endlich aufmachst."

Das ließ mich dann doch aufhorchen und ich quälte mich aus dem Bett, tapste zur Tür und sagte. „Kati, es ist alles in Ordnung, mach dir keine Sorgen."

„Nichts ist in Ordnung! Mach auf, Elena."

„Nein, ich kann heute niemanden sehen. Es tut mir leid, auch wegen vorgestern."

„Elena, mach doch bitte auf, nur kurz."

„Nein, ich kann nicht, ich rufe dich an. Es tut mir leid."

Längeres Schweigen und dann: „Wie du meinst." Sie gab auf. Aber ich hörte an ihrer Stimme, dass sie enttäuscht und traurig war und dass sie mich nicht verstand. Wie auch?

Ich verkroch mich wieder ins Bett.

Meine Mutter hatte mich immer sofort ins Bett gepackt, wenn sie meinte, ich sei krank. Mein Vater war auch an den Wochenenden oft nicht da, wenn er Überseeflüge hatte, daher konzentrierte sich an solchen Tagen Mutters Aufmerksamkeit komplett auf meine Schwester und mich. Jana war noch ein kleines Baby als ich ein Kindergartenkind war und gluckste die meiste Zeit unbeschwert vor sich hin. Aber an diesen Wochenenden, wenn Papa nicht da war, drehte sich alles nur um Essen und Krankheiten.

An einem wunderbaren Samstag im Mai wollte ich nach dem Frühstück draußen im Garten mit den Nachbarkindern spielen. Aber dazu kam es nicht, weil mich nach dem Essen Bauchkrämpfe überkamen und ich mich übergeben musste. Damals konnte ich nicht begreifen, dass mich diese Attacken immer so plötzlich überkamen. Es ging mir kurz vorher noch blendend. Nach den ersten Schüben wurde ich wieder ins Bett gepackt und nachdem der Durchfall nicht nachließ, fuhren wir zum Notarzt.

„Meine Tochter hat entsetzlichen Durchfall. Sie trocknet aus."

„Wie lange hat sie denn den Durchfall schon?" fragte der Arzt.

„Seit heute Morgen. Aber es ist nicht das erste Mal. Sie hat das regelmäßig."

„Mhmm, wie oft denn?" hakte der Mann nach.

„Etwa alle zwei Wochen. Das ist doch nicht normal. Wir müssen eine Darmspiegelung machen."

Der Arzt stutzte. „Eine Darmspiegelung? So schnell muss man diese schweren Geschütze nicht auffahren, Frau Donat, ich werde Ihrer Tochter erstmal ein Präparat verschreiben, das die akute Situation verbessert. Dann stellen Sie Elena bitte nochmal bei Ihrem Hausarzt vor."

Die Diskussion um weitere Untersuchungen und die Darmspiegelung ging noch eine Weile hin und her, aber schließlich willigte meine Mutter widerstrebend ein, dass wir erstmal wieder nach Hause fuhren. Was eine Darmspiegelung war, wusste ich nicht, wahrscheinlich hätte ich sonst gleich aufgeschrien, als meine Mutter das Wort in den Mund nahm.

Ich wurde ins Bett gepackt und lag dort den ganzen Samstag, während meine Großeltern zu Besuch waren. Mein Großvater hatte wieder eine Tüte mit Leckereien dabei und kam mich in meinem Zimmer besuchen. Ich hatte Bauchschmerzen und wollte nichts essen und auch nicht, dass er sich zu mir aufs Bett setzte. Deshalb verkroch ich mich tief unter meine Decke, als er das Zimmer betrat.

„Hallo, meine Kleine, wie geht es dir? Mama sagt, du bist krank."

„Ich bin müde."

Er setzte sich zu mir und schon glitt die große, haarige Hand unter die Decke und auf meinen Bauch. Dort tätschelte er mich und ich drehte mich weg, weil das unangenehm war.

„Was denn, was denn?" murmelte er und hauchte mir einen widerlichen Kuss auf die Wange.

„Ich will doch nur, dass es dir bald besser geht, meine Süße."

„Ich bin müde", weinte ich, während ich seine Hand auf meinem Po fühlte. Er streichelte mich und glitt dann unter mein Höschen. Wieder drehte ich mich weg.

„Deine Mama sagte, ich soll nachsehen, ob alles in Ordnung ist. Ich muss kontrollieren, ob du Fieber hast."

„Nein..." weinte ich, konnte mich aber nicht wehren und fühlte ein ekliges Tier in meinem Bett, es krabbelte zwischen meinen Beinen herum und biss mich, es klebte an mir und hinterließ ein Brennen, das den ganzen Tag nicht mehr weg ging. Es war auch noch da, als mein Opa längst nicht mehr auf meinem Bett saß und lediglich eine Tüte Gummibärchen, die er mitgebracht und auf meinen Nachttisch gelegt hatte, von seinem Besuch zeugte.

Das Tier verließ mich nicht mehr, es war für immer bei mir eingezogen.

Es ging nicht so weiter. Ich musste aus diesem Bett heraus und die Erinnerungen hinter mir lassen. Laufen würde helfen! Am späten Samstagnachmittag begab ich mich endlich ins Bad, aber als ich mit geputzten Zähnen und einem frisch gebundenen Zopf wieder vor meinem Bett stand und einen kleinen Bluttropfen auf dem Laken sah, brach ich nackt zusammen. Erst mitten in der Nacht wachte ich wieder auf, frierend, entsetzlich frierend. Ich legte mich schlaftrunken aufs Sofa, denn zu dem Bluttropfen konnte ich mich unmöglich legen, deckte mich mit einer Wolldecke bis über die Nasenspitze zu und schlief wieder ein.

Als ich am Sonntag wach wurde, beschloss ich, dass ich unbedingt wieder in den Park gehen müsse, um alles zu vergessen. Mark würde schon nicht dort sein, dachte ich, denn ich wollte das Haus erst verlassen, wenn es dunkel geworden war und nach dem Laufen wollte ich schlafen und am nächsten Tag wieder arbeiten gehen. Kati wollte ich anrufen, mich nochmal entschuldigen und dann würde alles ausgelöscht sein. Ja, alles vergessen. So dachte ich mir das.

Aber es kam anders. Erst als es dunkel war, verließ ich das Haus und lief zwei Stunden lang durch die Stadt und den Park. Es waren kaum Menschen zu sehen, im Park sowieso nicht mehr um diese Zeit und auch Mark lief mir nirgendwo vor die Füße. Zu Hause duschte ich eine halbe Stunde lang und legte mich dann in mein frisch bezogenes Bett – mit einem Laken ohne Bluttropfen. Ich weiß nicht, woher dieser Fleck gekommen war, wahrscheinlich hatte ich in der Nacht unbemerkt Nasenbluten gehabt, das kommt schon mal vor. Da der Fleck am oberen Bettende war, scheint mir das am wahrscheinlichsten. Meine Reaktion auf diesen Anblick ist nicht neu, ich war schon oft in Panik geraten, wenn ich plötzlich Blut sah, denn auch das erinnert mich an meine Kindheit, an Begebenheiten, von denen ich jetzt nicht schreiben möchte.

Am Montag war in der Bibliothek alles wie immer. Darüber, dass ich am Freitag gefehlt hatte, verlor niemand ein Wort. Schließlich bin ich sonst eine der zuverlässigsten Mitarbeiterinnen und fehle eigentlich nie. In meiner Mittagspause rief ich Kati an, erreichte sie aber nicht. Auch am Nachmittag ging sie nicht an ihr Telefon und ich war nicht sicher, ob sie mich nicht sprechen wollte oder einfach nicht da war. So gerne wollte ich ihr wenigstens einige versöhnliche Worte sagen.

Zuhause war ich froh, den normalen Rhythmus wieder aufnehmen zu können, zog meine Sportsachen an und lief los, dieses Mal ohne auf die Dunkelheit zu warten.

Und dann traf ich ihn wieder. Er saß im hinteren Teil des Parks, dort, wo ich Mark auch beim letzten Mal gesehen hatte. Er saß auf derselben Bank und las in seinem dicken Fachbuch. Es kam mir wie eine Unendlichkeit vor bis ich die Schritte bis zu dieser Bank zurückgelegt hatte. Meine Beine schienen schwer wie Blei zu sein und ich musste mich darauf konzentrieren, nicht zu stolpern, weil das Voreinandersetzen der Füße nicht mehr automatisch klappte. Ich wusste nicht, was ich tun sollte, einfach vorbei laufen, so tun, als ob ich ihn gar nicht gesehen

hätte, oder anhalten und Smalltalk halten oder mich sogar zu ihm setzen?
Als ich noch am Grübeln war, schaute er auf und lächelte vorsichtig.
„Hallo Elena, wieder fleißig?" rief er mir zu, als ob unsere letzte Begegnung nicht in einem Fiasko geendet hätte. Mich irritierte seine unbekümmerte Art, denn ich hatte erwartet, dass er stinksauer auf mich ist. Aber das schien er nicht zu sein. So lief ich etwas langsamer und blieb dann bei ihm stehen.
„Hallo Mark, du bist ja auch wieder fleißig" und zeigte dabei auf sein Buch. Ich versuchte, nicht daran zu denken, was er gerade las, denn ich wollte nicht wieder so einen schrecklichen Auftritt hinlegen.
„Mark… es tut mir leid wegen neulich Abend…"
„Ach, das ist schon vergessen."
„Nein, ich möchte mich entschuldigen, das war entsetzlich peinlich, was ich da gemacht habe."
„Du hattest sicher deine Gründe, Elena." Er sah mich offen an und schien wirklich keinerlei Groll zu hegen.
„Ja, die hatte ich", ich starrte auf sein Buch und er folgte meinem Blick.
„Möchtest du dir das Buch mal ausleihen, interessiert es dich?"
„Was?! Nein, auf keinen Fall!" Ich schüttelte heftig mit dem Kopf. „Niemals, niemals will ich dieses Buch haben!"
Er musste mich wirklich für die letzte aller hysterischen Ziegen halten, die es auf der Welt gab. Wieso konnte ich mich nicht ganz normal verhalten?
„Ja, ok, ist schon gut, war nur eine Frage." Er verstand mich nicht, natürlich nicht. Wie auch? Und mir tat es

sofort wieder leid. Wenigstens lief ich nicht wie am Mittwochabend einfach davon.

„Mark, entschuldige, ich bin wohl…"

„Nein, nein, lass nur. Ist schon ok."

„Willst du denn gar nicht wissen, warum ich so reagiere?"

„Das geht mich wahrscheinlich gar nichts an, Elena."

„Warum willst du das nicht wissen? Verdammt!"

Er sah mich verwirrt an. „Wenn du möchtest, kannst du mir natürlich davon erzählen, aber ich dachte, dass du das gar nicht willst."

Endlich klappte er das Buch zu und steckte es in die Tasche. Er stand auf, seine blauen Augen trafen meine und ich wusste nichts mehr – nicht mehr, was wir als letztes gesprochen hatten und auch nicht, wie es jetzt weiter gehen sollte. Ich war unfähig, irgendeine Entscheidung zu treffen und muss ausgesehen haben, wie das letzte Huhn auf Erden.

„Elena, was hältst du davon, wenn wir einfach da weiter machen, wo wir am Mittwochabend aufgehört haben, aus welchem Grund auch immer. Lass uns was trinken gehen, hm?"

„Ja gern", antwortete ich und wusste gar nicht, ob ich das wirklich wollte. Ich hatte nicht darüber nachgedacht, sondern einfach spontan geantwortet.

„Aber ich bin jetzt verschwitzt und müsste mich vorher duschen."

„Ok, dann hole ich dich in einer Stunde ab, was meinst du?"

„Ok", schon wieder stimmte ich zu, ohne wirklich nachgedacht zu haben.

„Wo wohnst du?" Nur wenige Menschen wissen, wo ich wohne, ich zuckte zusammen.

„Schlossstraße 12, gleich gegenüber der Markthalle."

Wieso hatte ich ihm das verraten?
„Ahja, das kenne ich. Du wirst sicher Vorsprung wollen, nicht wahr? Lauf los und ich hole dich dann ab."
„Ja gut." Ich sagte zu allem Ja und Amen, was sollte er nur von mir denken.
Fakt ist jedenfalls, dass ich eine Stunde später frisch geduscht, dezent geschminkt, in eine blaue Jeans und einen engen dunkelroten Pulli gehüllt in meiner Wohnung saß und auf ihn wartete und ich nahm mir fest vor, mich nicht wieder wie der letzte Mensch zu benehmen. Ich musste die Vergangenheit endlich ausblenden, auch wenn sie mich immer wieder einholt.

Mark kam sehr pünktlich. Ich war schon lange nicht mehr mit einem Mann verabredet und dementsprechend aufgeregt.
„Möchtest du kurz reinkommen?" fragte ich ihn und öffnete die Tür noch ein Stück weiter.
„Ja, wenn du nichts dagegen hast, gern", er schien sich über meine Einladung zu freuen, kam herein und schaute sich um.
„Wasser oder Saft?" fragte ich.
„Ach, gern ein Schluck Wasser, wenn es keine Umstände macht." Er ist ein sehr höflicher Mann, das konnte ich den ganzen Abend über feststellen und das gefällt mir auch jetzt noch sehr an ihm. Er legte seine Tasche auf dem Hocker neben meiner Schlafzimmertür ab und schaute aus dem Fenster auf den Marktplatz.
„Du wohnst hier wirklich sehr zentral, das gefällt mir."
„Ja, das stimmt, ein Auto brauche ich jedenfalls nicht. Zur Arbeit fahre ich mit dem Bus."
„Wo arbeitest du denn?"
„In der Bibliothek in der Südstadt."

„Aaah, daher das große Interesse an meinem Buch", meinte er ganz unbedarft.
„Was? Nein! Nein, nein, das Buch, damit ist nichts."
„Ja, damit ist nichts…" Er sah mich sehr aufmerksam an. Ich merkte das genau aus den Augenwinkeln. Männer meinen ja immer, man würde als Frau nur das sehen, was sich vor der Nase abspielt, aber ich bemerkte genau, wie er mich lange ansah.
„Wollen wir los?" Ich wechselte schnell das Thema, weil ich einen unbeschwerten Abend genießen wollte.
„Ja, ok, gern." Er stellte sein Glas auf meinem Küchentisch ab und dann verließen wir die Wohnung; seine Tasche vergaß er. Wir schlenderten ein wenig durch die Fußgängerzone und wählten dann eine gemütliche Osteria, um eine Kleinigkeit zu essen. Zunächst war alles ganz normal, Smalltalk über meine Arbeit und ich konnte es sogar ertragen, dass er von seinem Medizinstudium erzählte. Es kribbelte sehr, immer wenn er mich ansah, lief mir ein leichter Schauder über den Rücken, er hatte eine enorme Wirkung auf mich. Und ich hatte auch das Gefühl, dass ich ihm gefiel.
Wir saßen entspannt zusammen, redeten und lachten bis seine Fragen nach meiner Familie kamen.
„Leben deine Eltern auch hier, Elena?"
„Meine Eltern? Nein, die sind nicht hier." Ich griff instinktiv nach meinem Glas, um mich an etwas festzuhalten.
„Das heißt, du wurdest nicht hier in der Gegend geboren?"
„Wie bitte? Nein, wurde ich nicht. Doch, wurde ich. Entschuldige, ich habe wohl schon einen Wein zu viel."
Er sah mich wieder mit diesem langen Blick an, der mich so nervös machte und der mich gleichzeitig so berührte.

„Und hast du Geschwister?" versuchte er es weiter.
„Ja... nein... nicht mehr." Ich schlang die Arme um meinen Oberkörper, weil mir plötzlich kalt war.
„Entschuldige, Elena, du willst nicht darüber reden, das müssen wir auch nicht. Es tut mir leid, dass ich gefragt habe."
Mich machte es fertig, dass er immer so verständnisvoll war. Konnte er nicht mal etwas ganz Dummes sagen, damit ich guten Grund hatte, aufzustehen, zu schreien, zu gehen und mich der Situation zu entziehen? Ich fühlte ein Beben in mir hochkriechen, aus Enttäuschung, dass auch dieser Abend in der Vergangenheit enden sollte, in meiner elendigen Vergangenheit. Das konnte so nicht weitergehen. Ich musste das endlich durchbrechen.
„Du hast aber gefragt, Mark. Du hast mich gefragt", sagte ich sehr leise, fast flüsternd.
„Ja, das habe ich..."
„Und soll ich dir was sagen? Ja! Ich habe eine Schwester, aber sie ist nicht mehr da. Sie ist mit einem großen weißen Wagen in den Himmel gefahren und dort oben sitzt sie und lächelt. Daneben sitzen mein Vater und mein Opa. Jaaa, mein Opa, der hat sich bestimmt auch schon längst dort eingefunden und streichelt ihr über ihren süßen Lockenkopf." Ich wurde immer lauter.
Mark sah sich besorgt um, weil die Leute schon aufmerksam auf uns wurden.
„Elena, wir müssen darüber nicht sprechen."
„Oh, doch! Das müssen wir. Du hast mich gefragt! Und jetzt bekommst du eine Antwort."
Er räusperte sich und lehnte sich auf seinem Stuhl zurück.
„Meine Schwester Jana ist tot. Hörst du? Tot. Und den großen weißen Wagen, den gibt es natürlich überhaupt

nicht. Den hat sich meine Mutter ausgedacht, meine verfluchte Mutter, ein Wagen so weiß wie Schnee. Denn so weiß wie Schnee war Janas Haut und kalt wie Schnee war ihr kleiner Körper als ich ihn fand." Mark stand auf, denn ich weinte inzwischen bitterlich. Er kniete sich neben meinen Stuhl und legte seinen Arm um mich.
„Komm, wir gehen nach Hause." Sanft zog er mich zu sich heran und legte sein Kinn vorsichtig auf meinen Kopf. „Komm, Elena, ich bringe dich heim."

Ich ließ es geschehen, hatte keine Kraft, dagegen anzugehen und wollte es wahrscheinlich auch nicht. Er bezahlte für uns, half mir in den Mantel und legte wie selbstverständlich den Arm um mich. Wir gingen heim wie ein vertrautes Paar und ich verstand nicht so recht, was gerade geschah. Hatte ich ihn nicht eben angeschrien und eine peinliche Szene im Lokal hingelegt? Warum war er nur immer so nett zu mir? Als ich den Schlüssel aus meiner Manteltasche gekramt hatte, standen wir etwas unentschlossen im Hausflur herum.
„Kann ich dich allein lassen, Elena?" Ich schloss die Tür auf und wusste nicht, was ich antworten sollte, denn ich genoss seine Gegenwart sehr, wollte aber auch nicht zu offenherzig sein.
„Elena?" setzte er nochmal an „Soll ich noch mit reinkommen?"
Ich stand schon in der Diele, als ich seine Tasche, die er zuvor vergessen hatte, auf dem Stuhl liegen sah.
„Ja, komm doch mit rein. Deine Tasche liegt auch noch hier."
Er schien aufzuatmen, da er sich wohl irgendwie verantwortlich für mich fühlte.

„Möchtest du noch etwas trinken?" fragte ich ihn. Aber er verneinte und setzte sich auf mein Sofa. Dann hockten wir nebeneinander und ich hatte das Bedürfnis, mich zu erklären.

„Mark, ich muss mich schon wieder entschuldigen. Es tut mir leid, dass ich immer so ausflippe."

„Nein, es ist schon in Ordnung."

„Nichts ist in Ordnung", begann ich zu weinen.

„Wenn du erzählen magst... du musst aber nicht." meinte er sehr fürsorglich.

„Es wäre schön, wenn du mich einfach ein bisschen im Arm hältst, ich weiß im Moment nicht, wo ich anfangen soll."

So saßen wir dann sehr lange nebeneinander Arm in Arm auf meinem Sofa und er streichelte mich an der Schulter. Es fühlte sich wunderbar an, ich fühlte mich sehr sicher bei ihm und mochte seinen Geruch.

„Bist du mir böse?" fragte ich irgendwann und sah zu ihm hoch.

„Aber nein, ich bin nicht böse." Er lächelte mich an und ich konnte einfach nicht anders, näherte mich seinem Gesicht und hauchte ihm einen zarten Kuss auf die Lippen. Sein Arm schloss sich ein bisschen fester um mich, als er den Kuss sanft erwiderte. Es war einfach himmlisch, wie lange hatte ich mich danach gesehnt... Und es war klar, dass er sich ermutigt fühlte, selbst die Initiative zu ergreifen. Sein Streicheln dehnte sich auf meinen ganzen Arm aus und schließlich lag seine Hand auf meinem Oberschenkel. Unsere Blicke trafen sich und ich schmolz wieder dahin, ein Kuss, sein Streicheln auf meinem Bein und dann... dann lagen wir auf dem Sofa.

Er war über mir, als das Kissen, das auf der Lehne gelegen hatte, auf mein Gesicht fiel und mich Panik überkam. Sofort richtete ich mich auf und schrie ihn an.
„Spinnst du?! Lass mich sofort los!"
„Aber Elena, was ist denn nun schon wieder? Es war nur ein Kissen."
„Nur ein Kissen?" Ich schnappte nach Luft. „Raus!" Ich schubste ihn vom Sofa weg. „Und vergiss deine Tasche nicht!"
Mark war total perplex, versuchte aber nicht gegen meinen Ausbruch anzukommen. Er hatte wohl auch keine Kraft mehr, dieses Hin und Her meiner Launen schaffte ihn. Ohne ein Wort verließ er die Wohnung und ich saß im Schneidersitz mit eingerolltem Oberkörper da und weinte – denn wieder hatte mich die Vergangenheit eingeholt. Die Erinnerung war so präsent, wie vorher Mark auf meinem Sofa.

Als Kind erwachte ich davon, dass ich keine Luft mehr bekam. Das Kissen, das auf meinem Gesicht gelegen hatte, konnte ich nicht bewegen, es schien wie festgebunden und ich bekam Panik. Die Luft blieb mir weg und ich kämpfte wie verrückt, um meine Nase zu befreien. Irgendwann gelang es und ich sah meine Mutter am Bett stehen.
„Kleines, was ist denn los? Hast du schlecht geträumt?" Sie hatte ein Kissen in der Hand und legte es zur Seite.
„Ich habe Geräusche aus deinem Zimmer gehört...möchtest du in mein Bett kommen?"
Ich war damals benommen und konnte nicht antworten. Das habe ich meinen Krankenakten entnommen, die ich eines Tages sichten durfte. Meine Mutter schnappte mich damals nämlich wieder und fuhr mit mir in die Klinik.

Den Unterlagen ist zu entnehmen, dass sie die Ärzte energisch darauf aufmerksam machte, dass ich eine Bewusstseinstrübung hatte und wahrscheinlich sogar einen epileptischen Anfall. Die Mutter sei äußerst besorgt gewesen und schilderte den Anfall bis ins Detail, steht in der Akte.
Ich blieb zunächst eine Nacht in der Klinik und Mutter wich mir nicht von der Seite. Es wurde ein EEG geschrieben, sowie mein Blutbild gecheckt. Aber alles war unauffällig und so durfte ich am nächsten Tag wieder nach Hause.

Als ich auf meinem Sofa wieder zu mir kam, wurde mir bewusst, dass ich mich die ganze Zeit vor und zurück wiegte und immer noch weinte. Mark war nicht mehr da. Hatte ich ihn wirklich rausgeschmissen? Das war`s dann wohl. Den werde ich nie wiedersehen. Dachte ich.
Wie mechanisch ging ich ins Bett und am nächsten Morgen zur Arbeit. Mark sah ich den ganzen Tag nicht. Aber Kati rief zurück und meinte, dass wir mal einen Abend reden sollten.
„Ja, gut. Gerne." Sagte ich teilnahmslos, war aber froh, dass sie noch mit mir sprach.

Ich merke gerade, dass es hilft, das alles aufzuschreiben. Es schmerzt, aber es tut auch gut sich vorzustellen, dass jemand zuhört. So lange war niemand da, der mich hören konnte. Ich mache mir viele Gedanken darüber, wer in meinem Leben eigentlich jemals wirklich zu mir gehalten hat.
Mein Vater war so selten da und wenn er zu Hause eintraf, wollte er immer nur die Idylle sehen, sehnte sich nach Ruhe in seinem trauten Heim und zog alle

Antennen ein, die eventuell auch andere Signale hätten empfangen können.

Meine kleine Schwester – sie war mir im Geiste immer nah, aber sie starb so entsetzlich früh, dass wir keine wirklichen gemeinsamen Schwester-Schwester-Erlebnisse haben durften. Ich habe oft noch ihren Duft in der Nase, den bezaubernden Duft kleiner Babys. Auch die Berührung der samtweichen Haut ihrer kleinen Arme fühle ich manchmal an meinen Fingerspitzen. Ich verzog mich als kleines Mädchen oft zu Jana ins Zimmer und sah ihr einfach beim Schlafen oder Spielen zu, das hatte etwas wunderbar Friedliches, das ich nirgendwo sonst finden konnte. Von ihrem Tod möchte ich jetzt nicht schreiben, ich werde das nachholen.

Meine Großeltern. Nunja, meine Oma ist eine Seele von Mensch, niemals hatte sie geahnt, dass der Mann an ihrer Seite so ein großes Schwein ist. Bis zu jenem Tag, der mich von ihm erlöste.

Es war der einzige Tag, an dem meine Mutter zu mir hielt, indem sie sich schützend vor mich stellte. Es war ein Samstagnachmittag mit entsetzlichem Hunger. Außer Frühstück hatte es bisher nichts gegeben und die Kaffeetafel war abgedeckt worden, bevor ich aus meinem Kindertanzkurs zurück war. Ich verzog mich ziemlich schnell zu Knut in die Küche und hoffte, dass er wieder seinen Napf mit mir teilen würde. Doch bevor ich mich zu ihm auf den Boden kauern konnte, kam Opa schon durch die Tür geschlüpft.

„Na, meine Kleine? Hast du Lust auf ein bisschen Schokolade?"

Er legt eine Packung mit Smarties auf den Tisch. Und ich wusste, dass er mich als Gegenleistung wieder auf seinem sie krank war, und das sie als solches daher wahrscheinlich gar nicht wahrnahm.

Ich möchte meine Aufzeichnungen heute beenden, weil ich merke, dass mir nichts besser tut, als die Realität mit Mark. Ich werde ihm morgen den Rest erzählen. Aber ich merke auch, dass ich großen Gewinn daraus ziehen konnte, mich dir mitzuteilen und einen treuen Zuhörer zu haben. Durch das Formulieren vieler Details konnten sich einige Knoten lösen und ich kann die Krankheit meiner Mutter, das Münchhausen Stellvertretersyndrom, endlich aussprechen. So wie der bekannte Baron Münchhausen Lügengeschichten erfand, verursachen oder erfinden die entsprechenden Mütter oder auch Väter Krankheiten bei ihren Kindern, um sie umsorgen zu können und Abhängigkeiten herzustellen. Meine Mutter war in ihrer Kindheit von ihrem Vater, meinem Opa, missbraucht worden, davon hatte ich erzählt. Das ist oft der Fall bei Erkrankten. Dazu kam, dass mein Vater so selten zu Hause war, und sie deshalb ihre ganze Aufmerksamkeit meiner Schwester und vor allem mir schenkte. Das Leid, das sie uns antat, war schrecklich, aber es resultierte aus einer Krankheit, wegen der sie nun schon viele Jahre in Behandlung ist. Sie ist sich ihres Unrechts nicht bewusst und freut sich immer so sehr, wenn ich sie besuchen komme, so dass ich diesen regelmäßigen, schweren Weg zu ihr auch aufrechterhalten werde.

Ich will noch vervollständigen, wie es dazu kam, dass die Ärzte in jener Nacht die Krankheit meiner Mutter aufdeckten. Das Blut, das sich auf meinem Körper befand, war nicht meines. Dieser Verdacht war geschöpft worden, als die frischen Wunden an den Unterarmen

Schoß haben wollte. Ich wusste auch, dass ich sonst die Süßigkeit nicht bekommen würde und mein Hunger war groß.
Ich schluckte. „Ja, Opa."
„Na dann komm", er saß schon auf dem Küchenstuhl und klopfte mit seinen großen, haarigen Händen auf seine Schenkel. Ich schlurfte zu ihm, setzte mich und nahm die Packung mit den Smarties in die Hand, um sie zu öffnen. Dabei erschrak ich so sehr über die feste Berührung seiner Hand an meinem Oberschenkel, dass die Packung herunter fiel. Ich rutschte schnell von Opas Schoß und bückte mich, um die kleinen Schokolinsen aufzuheben. Da geschah es. Mit beiden Händen packte er meinen Kinderpo und hielt ihn fest, mit einer Hand begann er dann über meine unschuldigen Rundungen zu streichen. Ich schrie auf und in diesem Moment kam meine Mutter in die Küche.
„Was zum Teufel! Vater! Nimm sofort deine dreckigen Hände von ihr!!"
Mein Opa ließ mich so plötzlich los, dass ich nach vorne überkippte und hinfiel. Ich weinte vor Scham, vor Schmerz, vor Wut und vor Hunger.
Meine Mutter schrie: „Raus! Ich will dich hier nie wieder sehen! Reicht es nicht, was du mir angetan hast, Vater?"
„Was hat er denn getan, Liebes?" meine Oma war in die Küche gekommen.
„Nichts, Anna, komm lass uns gehen", meinte er und ging zur Küchentür.
„Nein, ich möchte wissen, was hier los ist", hakte sie ruhig nach und sah ihn groß an.
„Ein Missverständnis."
Mutter hatte sich inzwischen zu mir gebeugt und nahm mich in den Arm. Ich hatte selten das Gefühl so ehrlicher

Zuneigung bei ihr wie in diesem Moment. Deshalb kann ich mich daran auch so gut erinnern.

„Missverständnis?!" schrie sie jetzt auf. „Missverständnis nennst du das?!!"

Ich erschrak sehr und auch meine Großeltern wirkten entsetzt.

„Du hast mich meine ganze Kindheit lang betatscht und an Stellen berührt, die nicht für Väter gedacht sind..." Ich spürte die kleinen Krabbeltierchen zwischen meinen Beinen und weinte noch mehr. Hatte meine Mama auch diese Tierchen gehabt?

„Wie bitte?" meine Oma war sehr leise. „Stimmt das, Herbert?"

Er sagte nichts. „Ich möchte wissen, ob das stimmt", fragte sie energischer nach.

Er sagte wieder nichts und verließ wortlos das Zimmer.

Ich war damals so froh, dass er weg war und steckte mir schnell zwei Smarties in den Mund, die ich nicht zurück in die Schachtel gelegt hatte. Meine Oma sah uns beide an, meine Mutter und mich, wie wir beide verweint auf dem Küchenboden saßen. Dann blickte sie lange aus dem Fenster und schließlich sagte sie: „Ich werde nach Hause gehen, Kinder. Das nächste Mal, wenn ich komme, kannst du ein Gedeck weniger auflegen."

Meinen Opa sah ich nie wieder, aber Oma kam immer noch regelmäßig, bis heute, wenn sie mir an den Wochenenden einen Korb mit Kuchen, frischem Landwein, Saft, Obst und selbstgebackenem Brot vorbei bringt. Sie ist ein so herzensguter Mensch.

Ich war damals fünf Jahre alt, meinen Opa war ich los und mit ihm die Krabbeltiere, die mich immer gebissen hatten. Manchmal kamen sie nachts jedoch wieder und kämpften mit mir. Diese Nächte waren schrecklich, aber sie wurden mit der Zeit seltener und mein Schmerz wurde von anderen Schmerzen überdeckt.

Wer ist also übrig von den Menschen, die mir nahe stehen? Vielleicht gehe ich nicht sorgfältig genug mit denjenigen um, die sich mir annähern, vielleicht bin ich zu töricht, um zu begreifen, wer mir wohlgesonnen ist und wem ich vertrauen kann. Ich würde mich bei Mark entschuldigen müssen und auch Kati würde ich nochmal persönlich aufsuchen.

Die schönsten Jahre meiner Kindheit verbrachte ich bei meiner Tante. Als ich sechs Jahre alt war, durfte ich zu ihr ziehen, meine Mutter war nicht mehr da, war in die Psychiatrie eingeliefert worden, und mein Vater konnte sich nicht ausreichend um mich kümmern. Es war auch schön bei Tante Käthe, sie ermöglichte mir von da an ein unbeschwertes Aufwachsen in einer, wie man so schön sagt, normalen Familie mit zwei Geschwistern, denn Jana hatte ich damals schon verloren. Von da an lief eigentlich alles sehr unspektakulär – von außen betrachtet – aber in mir hatte sich so viel eingebrannt, dass heute die kleinsten Kleinigkeiten ausreichen, um das wieder an die Oberfläche zu holen.

Mark ging mir nicht mehr aus dem Kopf. Kennst du dieses flaue Gefühl, das sich jedes Mal in der Magengegend breit macht, wenn du an jemanden denkst? Aber nach dem letzten Vorfall dachte ich, dass ich es mir mit ihm wohl komplett verscherzt hatte. Eigentlich wusste er doch, dass ich abends laufen ging, er hätte doch vielleicht im Park warten können, wenn ihm etwas an mir lag. Hat er aber nicht und ich konnte es ihm nicht mal verdenken. Ich musste mich entscheiden: entweder ich vergaß ihn oder ich versuchte ihm zu erklären, was in diesen Situationen in mir vorging. Sollte ich ihm wirklich alles erzählen? Und wenn er sich dann komplett abwendete, würde er mit meiner Geschichte herumlaufen, sie in sich tragen, und ich hätte keine Kontrolle darüber, wohin sie geht, wer sie vielleicht noch hört, was sie mit ihm macht, welche Fäden sie sonstwo spinnt. Nein, das ging nicht. Und Kati? Sollte ich zu ihr auch offen sein? Hm. Was hatte ich schon zu verlieren. So ging es jedenfalls nicht weiter. Ich musste den Scherbenhaufen, den ich angerichtet hatte, zusammenkehren und meine Freunde zurückholen.

In diese Gedanken versunken ging ich eines Abends in den Park. Ich hatte Glück und fand Mark auf einer Bank sitzend und war sehr erleichtert darüber. Er sah mich erstaunt an, weil ich keine Laufsachen angezogen hatte, sondern im Mantel auf ihn zukam. Dann lächelte er mit diesen unwiderstehlichen Grübchen und hatte nichts dagegen, dass ich mich zu ihm setzte. Meine Entschuldigungen fielen zunächst sehr unbeholfen aus, ich versuchte ihm klarzumachen, dass meine seltsamen Verhaltensweisen nichts mit ihm zu tun hatten, sondern allein mit mir zusammenhängen und er hörte mir die ganze Zeit aufmerksam zu, sagte kein Wort, bestimmt zehn Minuten lang nicht. Und ich redete und redete und redete und legte ihm die Gefühlsfetzen dar, die mich überfallen hatten, als wir bei unserem ersten Zusammentreffen, bei dem auch Kati dabei gewesen war, so unglücklich auseinander gegangen waren. Naja, das trifft es eigentlich nicht, denn ich war wie von eine Tarantel gestochen davon gestürmt. Im Nachhinein war mir das alles sehr peinlich und das erklärte ich ihm.

Er ist der erste Mensch, den ich kenne, der so lange zuhören kann, ohne zu unterbrechen. Dabei sah er mich aufmerksam an und ich konnte mich teilweise nicht richtig konzentrieren, weil zu den Erinnerungen und Erklärungen und Entschuldigungen die Schmetterlinge dazu kamen.

Als ich eine längere Pause machte, nahm er meine Hände und fragte, ob er mit zu mir kommen dürfe. Ich konnte nicht fassen, dass er immer noch etwas mit mir zu tun haben wollte und selbstverständlich willigte ich ein. Vielleicht etwas zu schnell. Aber alle Taktiererei, die zwischen Männern und Frauen so oft angewendet wird, ist bei uns völlig unnötig.

Wir gingen zu mir nach Hause, ich kochte uns Tee und dann saßen wir auf dem Sofa und ich lag in seinem Arm, nach all dem Gedankenwirrwarr und nach diesen vielen Erklärungsversuchen endlich schweigend und es war wunderschön. Als wir uns küssten, hielt er kurz inne, grinste und legte die Kissen von der Sofakante herunter auf den Sessel neben uns. Es folgte eine unbeschreibliche Nacht, ich genoss seine Nähe und die Geborgenheit und was ich ihm vor allem hoch anrechne ist, dass er keine Fragen stellte. Er hatte mir überlassen, so viel zu erzählen, wie ich wollte und dann ließ er es erstmal gut sein.

Samstag und Sonntag redeten wir dafür dann sehr, sehr viel und als Kati klingelte, um mich mit Brötchen zu überraschen, traute sie ihren Augen nicht, als sie Mark aus meinem Bad kommen sah.

Die beiden halfen mir in den letzten Wochen, meine Erlebnisse ein wenig zu sortieren und sie sind die ersten, mit denen ich offen über alles sprechen kann. So geschockt sie waren und sind, so einfühlsam benehmen sie sich und stellen vorsichtig Fragen, um nicht zu tief in mich zu dringen.
Jeden Tag nach dem Arbeiten traf ich Mark entweder bei ihm oder bei mir zu Hause. Er schenkt mir Nähe und Wärme und ist unendlich geduldig mit mir und meinen Launen, dass ich mich nach und nach immer weiter öffnen konnte. Er strömt so viel Ruhe aus, dass ich nicht weiter zögerte, ihm von meiner Kindheit zu erzählen. Das ging allerdings nicht ohne Tränen, wenn ich von meinem entsetzlichen Hunger berichtete und von den im Nachhinein betrachtet demütigenden Versuchen, mein gefühltes Loch im Magen, mit Hundefutter zu stopfen. Ich brach förmlich meinen Ekel hervor, wenn ich von den Besuchszeiten meines Großvater erzählte und schluchzte in Marks Armen, als ich ihm auch endlich von den Verletzungen an meinen kleinen Kinderarmen erzählte.
Er war erschüttert, er weinte mit mir, streichelte mich und küsste mir die Tränen fort. Ich weiß nicht, wie viele Täler wir in den letzten Tagen durchschritten, für mich fühlt es sich wie eine Wanderung durch eine karge Kraterlandschaft an, die mich aber Schritt für Schritt dem Grün des Lebens näher bringt. Endlich.
Der Aufstieg auf den Gletscher des Todes, der Jana und einen Teil meines Selbst unter sich verbirgt, ist eine Hürde, die ich bisher nicht vollkommen nehmen konnte. Es war mir bisher nicht möglich, diesen Tag in Worte zu fassen. Jedes Mal brach ich wieder ab, wenn ich

angefangen hatte, Mark davon zu erzählen. Vielleicht gelingt es mir schreibend besser…
Es war Winter. Und es lag Schnee. Viel Schnee. An jenem Morgen mochte ich den Schnee noch und hatte einen großen Schneemann gebaut. Ich wartete auf meine Mutter, die mich in den Kindergarten bringen wollte, als ich Janas Kinderwagen auf der Veranda stehen sah. Er war mit Schnee bedeckt. Schnell lief ich hin, um mich zu vergewissern, dass Jana nicht in ihm lag, denn es war ja viel zu kalt. Aber ich sah sie. Sie rührte sich nicht, als ich ihre Schulter berührte und sie fühlte sich eiskalt an, als ich meine kleinen Hände an ihre Wangen legte.
„Elena, komm, wir müssen losfahren", hörte ich Mutters Stimme hinter mir.
„Jana ist ganz kalt", erwiderte ich und sah meine Mutter vorwurfsvoll an.
„Sie braucht frische Luft, das ist schon in Ordnung. Komm jetzt."
Ich konnte mich damals nur schwer von meiner Schwester lösen und zögerte. Aber Mutter kam zu mir, packte meine Hand und zog mich mit zum Auto.
„Lass deine Schwester in Ruhe schlafen, wir fahren jetzt in den Kindergarten."
Ich drehte mich noch mehrmals zu diesem Eisberg um, in dem meine Schwester wahrscheinlich gerade ihre letzten Atemzüge tat. Ich wusste das in diesem Moment zwar nicht und hatte noch keinen Begriff davon, was es in aller Endgültigkeit bedeutete, wenn ein Mensch starb. Aber tief in mir hatte ich ein kindliches Gefühl von tiefer Angst und von einer Verantwortung, der ich nicht gerecht wurde.
Jana erfror an diesem Morgen. Die Schuld lastet seitdem auf mir, wie der Panzer eines alten Gletschers.

Was ich Mark auch noch nicht erzählt habe, ist, dass meine Bettlaken am Tag nach Janas Tod blutdurchtränkt waren und ich wieder einmal ins Krankenhaus eingeliefert wurde. Trotz des Vertrauens, das ich inzwischen zu ihm habe, habe ich auch Angst, dass er mir die Wahrheit nicht glaubt. Denn diese ist so absurd, dass ich ohne die medizinischen Unterlagen, welche die verschiedenen Blutgruppen eindeutig auseinanderdifferenzieren, wohl auch selbst daran zweifeln würde. Diesen letzten Mosaikstein, der schließlich dazu führte, dass ich von meiner Mutter getrennt wurde, muss ich ihm noch erzählen. Denn sonst war alles umsonst, dieser Befreiungsschlag des Endlich-reden-könnens. Vielleicht hilft es, diese letzten Ereignisse erst einmal zu schreiben und es auf diese Weise gedanklich zu fassen, bevor ich mit Mark spreche.

Als ich an Janas Todestag aus dem Kindergarten nach Hause kam, stand ihr Wagen immer noch auf der Terrasse. Es hatte Neuschnee gegeben und so lag sie zugedeckt unter einer weißen Decke voller Unschuld und rührte sich nicht mehr.
Es war ein schrecklicher Nachmittag. Mir prägten sich Autos mit kreisendem Blaulicht, Menschen in weißen Kitteln und der Anblick meiner erfrorenen Schwester ein. Irgendwann waren alle fort – mit Jana – nur noch meine Eltern saßen am Küchentisch und sagten, ich solle ins Bett gehen. Jeder war allein mit seiner Trauer und seinem Entsetzen.
Mitten in der Nacht erwachte ich, weil Mama mich berührte. Sie strich über meine Oberschenkel und zwischen meine Beine, nahm dann mein Gesicht in ihre

Hände und sagte: „Kleines, wir müssen ins Krankenhaus, du blutest."

Ich blutete? Ich fühlte überhaupt nichts, mir tat nichts weh, aber als ich mich aufrichtete, sah ich klebriges Rot über meine Beine laufen. Genauso blutig waren die Hände meiner Mutter. Also wurde ich wieder eingepackt und wir fuhren ins Krankenhaus, dorthin wo auch Jana lag, irgendwo dort, regungslos. Ich konnte damals an nichts anderes denken als an sie, das Blut auf meinem Körper war mir egal.

Die Ärzte erschraken natürlich als sie mich sahen, obwohl sie mich aufgrund der vielen Besuche mit Magen-Darm-Erkrankungen, Hautausschlägen usw. schon kannten. Ich wurde gewaschen und abgetastet und den Klinikunterlagen, die ich sehr viel später angefordert hatte und die hier vor mir auf dem Tisch liegen, kann ich entnehmen, dass meine Mutter auf eine gynäkologische Untersuchung bestand. Schließlich wollte sie nicht noch ein weiteres Kind verlieren, sagte sie. Die Ärzte waren ihrem Wunsch nicht gefolgt. „Die Mutter musste ruhig gestellt werden", kann ich in der Akte lesen.

Auch ich blieb jene Nacht in der Klinik, so dass Jana und ich ein letztes Mal ein gemeinsames Dach hatten, gemeinsamen Schutz, auch wenn wir dann Abschied voneinander nehmen mussten.

Die Wege meiner Mutter und mir sollten sich am nächsten Morgen trennen. Sie hatte schon in der Nacht nicht mehr bei mir bleiben dürfen, denn man war ihr auf die Schliche gekommen... auf die Schliche gekommen, das klingt als ob man einen Kleinmädchen-Streich aufgedeckt hätte, nein, ich muss sagen, man hatte ihr Verbrechen erkannt, ihr Verbrechen, das sie verübte, weil meiner Mutter entdeckt wurden. Eine Laborprobe ergab zweifellos, dass Fremdblut auf mir verschmiert worden war, um eine innere Verletzung vorzutäuschen. Das war die Krönung meiner ohnehin schon dicken Krankenhausakte, das Ende meines körperlichen Leidens, aber auch die Trennung von meiner Mutter. Ich lebte dann bei meiner Tante bis ich alt genug war, um auszuziehen....

Ob ich sie hasse?
Nein.
Ob ich ihr verzeihen kann?
Diese Frage stelle ich mir immer wieder und dann höre ich in mich hinein, lausche, was Jana mir flüstert, und fühle ein zartes Nicken in meinem Herzen. In diesen Momenten spüre ich ein Gefühl von Frieden, aber er ist nicht beständig und deshalb suche ich immer wieder Jana unter ihrer unschuldigen Decke aus Schnee. Und weil sie mir so nah ist, rieche ich schon Tage zuvor, dass es schneien wird.

Oft besuchte er sie
und hinter
ließ sein Siegel auf nicht
enden wollendem Weiß
von Leintuch und Haut

Jahre später stanzt sie
der Mutter den Verräter
kuss auf die Stirn
der bislang auf Kindes
Beinen haftet

Im Spätsommerwind
flattert frische Stempel
farbe auf gekochtem Laken
weiter und immer weiter
hinter dem Haus

Es liegt Schnee

An einen Dirigenten

Wenn du dirigierst, sehe ich diese Leidenschaft in deinem Gesicht, das musikalische Feuerwerk stahlblauer Augen. Eiserne Disziplin des Übens liegt hinter dir und während der Aufführung gleiten deine Hände über die Tasten der Orgel als seien sie ein Teil von dir. Sie sind gepflegt. In Interviews halten sie meist eine Zigarette. Und obwohl ich diesen Anblick bei anderen sonst immer als affektierte und profane Eigenheit empfinde, hebt sich diese Sicht sofort auf, wenn ich *deine* Finger mit der Orgel verschmelzen sehe. Ich vermag darüber hinwegzusehen – etwas, das ich sonst bei nur wenigen Menschen kann. Ja, es macht mich schnell wütend, wenn etwas nicht so ist, wie es nach meiner Vorstellung sein sollte, so wütend, dass ich aus der Fassung gerate, selbst wenn ich diesen Menschen liebe – so wie damals als ich *ihn* liebte – du kennst ihn nicht.

Was sagt das über mich aus, über mich als intoleranten, selbst mit Lastern behafteten Menschen, über mich als Menschen, der die Leidenschaft, die Musik liebt und dennoch vollkommen aus jeglichem Taktgefüge rutschte? Die Kunst vermag zu verbinden. Sie überdeckt Facetten, die entzweien, baut Brücken, wo Gedanken, Wünsche und Träume nicht vereinbar sind. Sie lässt mich vergessen und ein kleines Stückchen reinen Anfangs fühlen. Sie durchdringt das Trübe und Nebelige, das sich im Leben ansammelte und macht den Blick frei. – Für mich bedeutet diese Freiheit, auf ein weißes Stück unbeschriebenen Papiers zu hoffen.

Wen berührten deine Hände all die Jahre, wen trösteten, wen liebten sie, wie viele Wangen streichelten sie? Wie viele Freunde begrüßten sie, wen schlugen oder stießen sie – sind sie überhaupt in der Lage gewesen, etwas Grobes zu tun? Was räumten sie weg, wie viele Stunden glitten sie über Tasten und strichen über Saiten, wie viele Noten schrieben sie, wie viele radierten sie aus? Wie oft wischten sie in durchwachten Nächten über deine eigene Stirn, wie oft verschränktest du sie wartend – wartend auf Inspiration – zweifelnd, ob sie dich jemals wieder ereilen würde?
Wie viele Frauenmünder berührten deine Fingerkuppen, während du womöglich an Kompositionen dachtest, deren Klänge für dich der Süße einer leidenschaftlichen Nacht gleichkommen?

Ich frage mich, ob du jemals mehr in deinem Gesicht zeigst als beim Dirigieren. Nur deine Augen verraten die Glut, all das Wissen um Harmonie und auf Auflösung wartende Akkorde. Sie folgen dir und deinen Händen – die Oboen, die unaufdringlich die Melodie der Orgel wiederholen, und auch die Streicher, die darauf warten, dass du ihren Einsatz signalisierst. Sie alle verlassen sich allein auf dich und dein Können. Und umgekehrt weißt du, dass du dich auf sie verlassen kannst.
So ein Geschenk, so eine Macht – so ein Unglück, dass ich dich nicht kannte und du mich mit deiner Gabe nicht abhalten konntest. – Ich bin sicher, du hättest es gekonnt.
  In einem Interview hörte ich dich sagen, dass *ein* Leben nicht ausreicht, um alle Händelwerke so zu inszenieren wie es ihnen gebührt. Welch ein Ideal steht dahinter, welch Anspruch von Perfektionismus, hinter dem Vollständigkeit zurückstecken muss, auch wenn die

Kürze unseres Leben dadurch noch deutlicher wird. – Und es kann so kurz sein.

Manchmal genügt einer deiner Blicke, um die Cellisten zu ihrem Einsatz zu geleiten, ein Nicken, ein kurzes Sichhinüberneigen, ein Heben der Augenbraue und sie folgen dir. Ihre Blicke ruhen auf dir, um keine deiner Gesten zu verpassen. Obwohl die Passagen immer und immer wieder geübt wurden, brauchen sie dich, verlassen sich auf deinen Überblick und deine Gabe, alles zusammenzuführen. Und du übernimmst diese Verantwortung, du verkörperst diese Einheit zwischen Orgel und Orchester.

Wenn du musizierst, umgibt dich eine Aura, die nicht von dieser Welt ist. Sie lässt mich den Künstler in dir spüren, der sein Können unspektakulär demonstriert und dabei das darstellt, was man zu Goethes Zeiten ein Genie nannte. Anders als die Künstler, die mit ihren Eigenheiten kokettieren und wenn nicht direkt, dann doch zumindest subtil ihre weltoffene Melancholie zur Schau stellen. Anders als jene Künstler, die dem Mainstream gerecht werden wollen, es vielleicht müssen, um ihren Lebensunterhalt zu verdienen, oder es wollen, um Berühmtheit zu erlangen. Anders als jene Künstler, die sich zynisch gegen die Gesellschaft stellen und ihr Straucheln in die Verantwortung von Allgemeinplätzen legen, in die Hände von Fremden, die zu einfältig sind, um das Genie in ihnen zu erkennen.

All das hast du nicht an dir. Dein Auftreten verkörpert Respekt vor der Erhabenheit der Musik, die du interpretierst. Es braucht kein affektiertes Zutun des Künstlers, sondern einzig dich als Interpreten. Mit *deinem* Perfektionismus schufst du etwas unglaublich Schönes, etwas Unerschöpfliches – *meiner* brachte mich an diesen Tisch, an dem ich sitze und schreibe – an dem ich schon all die Jahre sitze und deine Musik höre, während ich immer und immer wieder die Schritte auf dem Gang zähle, wenn sie abgeholt werden – morgen ein letztes Mal.

Warst du ein einsames Genie? Mir fällt auf, dass dein Blick immer zur Seite gleitet. Bei Gesprächen blickst du in die Ferne, imaginierst Gefühle, Gedanken und Visionen, die du nur zum Teil in Worte fasst. – Hilft es, in die Weite zu blicken, auch wenn dort nichts existiert? Was ist da noch, das nicht sichtbar gemacht werden kann, frage ich mich. Hätte ich dir nahe sein können? Wie wäre es gewesen, wenn wir uns begegnet wären, damals als du lebtest und ich noch ein Kind war. Oder damals als du lebtest und ich dir als Frau begegnet wäre. Hättest du mich angesehen, hättest du *etwas* gesehen, hättest du *mich* gesehen, so wie es sonst kaum einer kann? Wärst *du* derjenige gewesen, der mich erkannt – und abgehalten hätte?

Oder hätte deine Gegenwart deine Aura entzaubert? Möglicherweise ist deine Kunst ein Mantel, der ein Wesen versteckt, das ich gar nicht sehen möchte und von dem es gut ist, dass es für immer verborgen bleibt. So wie die Kunst Nebel auflösen und Gefühle entkleiden kann, so vermag sie auch, Mäntel zu weben, hinter denen sich einsame, möglicherweise kranke Menschen verbergen. Schon Nietzsche meinte, dass sich wirkliche Kunst nur in einem Zustand des Rausches entfalten kann. Der Künstler müsse dafür idealerweise krank sein. Beinahe scheint es nach Nietzsche unmöglich Künstler und nicht krank zu sein. Und auch Schopenhauer schrieb, dass

Genialität und Wahnsinn nahe beieinander liegen, sich gar berühren. – Ich habe all die Jahre hier an diesem Tisch viel gelesen und nun frage ich mich: Ist das so? Rausch und Wahnsinn – wie bekannt sind mir diese Zustände – wie sehr beseelten sie mich. Sie nahmen mich ein, legten mir eine Bürde auf, indem sie mir halfen, eine andere zu eliminieren. Ich entkam ihnen nicht, hatte nicht den Filter der Kunst, sondern erlag gänzlich den dunklen Leidenschaften.
So ist das, wenn die Kunst nicht der Ausweg des Rausches ist, wenn sie nicht zum Ergebnis des Wahnsinns wird, sondern wenn sich Rausch und Wahnsinn einen ganz anderen Weg suchen. – Ja, so ist das. – Da ich diesen anderen Weg ging, erliege ich jetzt umso mehr dem, was hätte sein können, nämlich deiner Kunst, und ich frage mich, welchem Rausch *sie* entsprang. Wenn ich in deine Augen sehe, versuche ich es zu entdecken, aber ich erkenne es nicht, obwohl dort ein Feuer brennt, dort hinter der Fassade deines scheinbar unberührten Gesichtes.

Kritisiert wurdest du für allzu romantisierende Bachinterpretationen. Stilwidrig seien diese Inszenierungen. Aber davon ließest du dich nicht beeindrucken und variiertest weiter Tempi und Tonflüsse. Dabei investiertest du manchmal mehrere Wochen, um einen Tonsatz, der vom Orchester gespielt nur eine Viertelstunde Zeit beansprucht, neu zu inszenieren, ihm deinen Charakter anzukleiden, ihn zu neuem Leben zu erwecken.
Das ist überhaupt das Faszinierendste, dass du aus Material, das schon hunderte Jahre existiert, etwas Neues erschaffst. Könnte *ich* das, würde ich einiges ungeschehen

machen. Ich säße nicht hier, wartend – aber ich kann es nicht, obwohl ich immer so perfekt war und es auch von anderen erwartete. Es wurde mir zum Verhängnis, zu meinem ganz persönlichen Rausch.

Die Seiten der Partitur blätterst du meistens selbst um, verlässt dich nicht auf einen anderen, der dies in einem falschen Moment tun könnte, vielleicht eine halbe Sekunde zu früh oder zu spät. Lieber nimmst du kurz eine Hand von der Tastatur und blätterst selbst. Jedes Mal befürchte ich, dass der Schwung das Blatt zurückwehen wird, aber es passiert niemals, weil du es sicher schon einige tausend Male so geübt hast. Und selbst wenn die Partitur nicht mehr vor dir stünde, würde das Konzert weiter laufen, denn das vollständige Notenwerk ist in dir, vor deinem inneren Auge präsent: die Streichermotive, Orgelnoten, Pausen- und Wiederholungszeichen, die Pianissimos und Fortissimos und die Fermaten.

Ich kann etwas von alledem in deinen Augen sehen – nur einen kleinen Teil, denn der Reichtum an Harmonien und Klangvariationen, den du in dir trägst, ist nicht auszudenken, für mich jedenfalls unvorstellbar.

Gab es Fermaten in deinem Leben? Es ist so wichtig, auch einmal die Stille zuzulassen, nichts zu tun, einfach nur zu sein. Aber auch das habe ich nie geschafft.

Hast du ausgeharrt? Irgendwo einmal – irgendwann? Oder warst du immer dabei, weitere Werke zu interpretieren, sie zu erarbeiten, sie anderen nahezubringen, sie bis in die letzte Sechzehntelnote keinerlei Zufällen zu überlassen? Hast du jemals gerastet, einen Moment ausgekostet, ausgelebt, wenn er nicht der Musik diente?

Ich lese von einer Frau und zwei Kindern und ich wüsste gern, wie sie war und was deine Kinder von dir erzählen. Aber ich finde kaum Informationen darüber. Ich würde sie gern fragen, wie es war, mit einem Perfektionisten zusammen zu sein. Vielleicht hätte es mir geholfen, mich selbst besser zu verstehen, obwohl ich mir der enormen Unterschiede zwischen uns sehr bewusst bin.

Wie liebt jemand, der Kirchenmusik studierte? Hat das Studium der Kirchenwerke etwas damit zu tun, wen oder wie man lieben kann? Hat die Wirkung der Musik und ihr ursprünglicher Zweck etwas damit zu tun, was sie mit *mir* jetzt macht, was sie *dir* und *deinem* Leben brachte?
Du warst Kantor, sangst Gebete, gabst dich der Liturgie hin, ordnetest dich ihr unter. All das bedeutet mir nichts, der Glaube ist mir fremd und die Kirche ohnehin etwas, dem ich nach einer intensiven Phase der Blendung schnell wieder den Rücken kehrte. Freiheit im Geiste ist es, was mir heilig ist, um ein dir vertrautes Vokabular zu verwenden. Was bedeutete dir diese Freiheit? Stelltest du dich in den Dienst der Kirche, um innerhalb ihrer Mauern deine Liebe zur Musik ausleben zu können? Nahmst du Manipulation und Konstruktion in Kauf, um das Instrument der Instrumente uneingeschränkt lieben und mit ihm leben zu können, es vollkommen nackt zu entblättern und dann neu einzukleiden?
Wenn ich dich spielen sehe, fühle ich mich dir so sehr verbunden. Wenn ich deine Biographie lese, könntest du mir fremder nicht sein.
Oder ist es vielleicht gar nicht *dein* Wesen, sondern das des Komponisten, das besonders in seinem Opus 7 so faszinierend ist. Hatte er bereits deine Interpretation als Ideal im Ohr, als er die Töne notierte? Ist *er* der

eigentliche Seelenverwandte und *du* nur sein Handlanger – oder gehört ihr beide zusammen – wie der Kuckuck und die Nachtigall?
Es ist manchmal so schwer zu erfassen, wer oder was füreinander geschaffen ist und eine Einheit bildet. Es gibt so viele Möglichkeiten, sich zu irren, sich in etwas hineinzusteigern und den Blick für die Realität zu verlieren, wenn Wünsche übermächtig werden.
So ließ ich den Menschen nicht gehen, der sich dafür entschieden hatte, ohne mich leben zu wollen. Ich wollte nicht aufhören zu bestimmen, was geschehen sollte und als ich begriff, dass er tatsächlich gehen würde, sollte es wenigstens *so* geschehen, wie *ich* es arrangierte. Macht und Perfektionismus, Rausch und Wahnsinn bis zum Ende.
Wo war die Kunst? Sie rettete mich nicht, sie fand mich nicht, ich ließ ihr wahrscheinlich keine Chance.

Es klingt wie ein Fluss, es ist so wunderschön. Jetzt in diesem Moment. Morgen werde ich es wieder hören, hoffentlich wird mich diese Stelle noch erreichen und mit sich tragen – in seinem Rauschen, das nicht von Wahnsinn beseelt ist. Ich weiß, dass du dir jeden einzelnen Ton angesehen hast, da gibt es nichts, das nicht genau dort sein soll, wo es steht und klingt.
Da ist nichts, das noch mehr getan werden kann als schon geschehen.

Du lebst nicht mehr, aber deine Musik schwingt in mir, deine Hände sehe ich vor mir, wie sie über die Tasten gleiten, das sanfte Nicken deines Kopfes, die ausschweifende Gestik, um Einsätze zu geben, um zu führen und zu leiten. Und Kompositionen, die du bei Aufnahmen für die „Golden Record" dirigiertest, gleiten

an Bord der Voyager durch das All. Unsterblich, unendlich.
Dieser Teil von *dir* hat als Teil von *uns allen* bereits das Sonnensystem verlassen.
Wenn diese Musik irgendwann irgendwo von irgendjemandem oder irgendetwas gehört werden wird und dieser jemand oder dieses etwas sich dann so fühlen sollte, wie ich mich, dann werde ich auch glauben – an die allumfassende Macht der Musik.
Vielleicht klingt sie bereits durch das Universum, ohne dass wir selbst den Klang, den wir aussandten, hören können. Ist es nicht manchmal so, dass wir etwas von uns geben und nicht in der Lage sind, das zu empfangen, was uns geantwortet wird. Sind wir nicht manchmal taub für das, was uns auf eine Art und Weise vermittelt wird, die wir nicht gewohnt sind? Vielleicht klingt es um uns herum und wir hören es nicht, vielleicht schon viele Jahre. Vielleicht singt mir jemand ein Lied und verzweifelt daran, dass ich nicht zuhöre, während ich mich darüber beschwere, dass ich selbst nicht wahrgenommen werde.
– Vielleicht war es auch damals so, dass ich nicht in der Lage war zuzuhören.

Möglicherweise hat sich bereits jemand – etwas – auf die Suche nach dem Ursprung dieser Magie gemacht. Was werden sie finden? Dich nicht mehr – mich auch nicht – vielleicht niemanden – aber mit etwas Glück werden sie auf Kunstrelikte stoßen, die Verbindungen auch zwischen fremden, sehr unterschiedlichen Lebewesen schaffen – so wie zwischen uns.
Wissen könnten wir es nur, wenn wir uns wenigstens ein einziges Mal in die Augen hätten sehen können, aber das haben wir nicht. Und es ist auch nicht wichtig, denn ich

höre deine Musik und sie brennt, sie entwickelt sich in mir und sie macht mich dankbar, dankbar für das, was du hinterlassen hast. Dankbar dafür, dass ich weiß, was sein kann, was möglich ist und wo sich tiefe Freude und inniger Trost verbergen.

Eins ist für mich sicher. Wenn jemand – etwas – käme – aus einer anderen Welt, eines deiner Konzerte besuchte, die Streicher sähe, dann die Klänge hörte und beobachtete, wie du all dies zusammenführst und leitest, könnte die Faszination nicht größer und der Beginn der Verschmelzung zweier Existenzen nicht friedlicher sein.

Mit dieser Gewissheit werde ich morgen gehen. Sie werden kommen und mich holen und mich ins Nichts geleiten – in ein Nichts, in dem ich vielleicht die Klänge hören werde, die wir aussandten und nun nicht mehr wahrnehmen. Sie werden mich nicht mehr retten können, aber sie werden mich empfangen und auffangen – so hoffe ich. Nur mit dieser Gewissheit, dass mir mein letzter Wunsch erfüllt wird – Händels Orgelkonzert Opus 7 unter deiner Regie zu hören – kann ich jetzt den Stift zur Seite und mich ein letztes Mal schlafen legen.

Es tönt der Kuckuck. Es klingt die Nachtigall.

Und ich, ich werde nicht mehr sein.

dieser Moment voller Gewissheit
dass etwas für immer
geht und dennoch bleibt

ist leise, während das Kissen
weich alle Worte verschluckt, die
ungehört geblieben waren

und ein schmaler Türspalt
von Licht und Schatten
erzählt

Bittermandel

15.10.96

Ich mag ein seltsames Bild abgeben, hier in diesem Haus am Meer als alternde und kranke Frau, die auf einer noch älteren Schreibmaschine diese Zeilen tippt und nebenbei ein Glas süffigen Rotweins genießt.
Ich bin allein und abgenabelt von fast allen sozialen Kontakten. Nur mein knurriger Kater lebt immer noch bei mir und liegt wie gewohnt an meinen Füßen. Dieses Tagebuch schreibe ich aus dem innersten Bedürfnis heraus, dass das, was ich zu erzählen gedenke, mein Dasein überdauert. Ich möchte sicher sein, dass es bleibt und nicht in Vergessenheit gerät, wenn die Krankheit mich besiegt haben wird. Ich möchte sicher sein, dass die Dinge, die ich bis zu meinem Tod erzählt haben werde, durch diese Aufzeichnungen ergänzt werden, falls ich wichtige Details vergessen haben sollte. Außerdem halte ich es für möglich, dass meine Geschichte vielleicht auch in Hände von Menschen gelangt, die mich nie gekannt haben. Auch sie sollen sie vollständig lesen können, damit sich manch Ungeheuerlichkeit aus der Vergangenheit niemals wiederholen möge.
Ich habe eine Schreibmaschine zum Aufzeichnen gewählt, weil meine Handschrift so unleserlich geworden ist. Das Bündel an Blättern, das entstehen wird, kann ich dann zusammenheften und wie ein Buch aufbewahren.

Nun, da niemand mehr lebt, dem ich schaden, den ich verletzen oder hintergehen könnte und dem gegenüber ich mein Schweigeversprechen brechen würde, sitze ich hier und bemühe mich darum, das Vergangene in Worte zu fassen. Dabei ringe ich um Rechtfertigung für das, was geschah und was niemand verstehen konnte.

Liebe Leserin, lieber Leser, stelle dir eine Frau vor, die weiß, dass sie nicht mehr viel Zeit hat und die daher versucht, sich noch einmal zu erinnern und zu erklären, bevor sie geht und nicht weiß, wohin. Ja – wohin? – das ist eine entscheidende Frage, die ich mir bis heute nicht beantworten kann. Es gab im Laufe der Jahre tröstende Überzeugungen – geblieben ist jedoch keine.

Es ist im Moment noch ein Durcheinander von Gedankenfetzen, weil ich noch nicht entschieden habe, wo ich beginnen soll. Ich werde besser strukturieren müssen, damit man meine Erzählung nachvollziehen kann.

Für heute verabschiede ich mich jedoch. Ich werde mich warm anziehen und zu den Wellen am Strand gehen, die mich mein Leben lang gleichermaßen anzogen und abschreckten.

16.10.96
Gestern Abend kam ich durchgefroren von meinem Spaziergang am Meer zurück. Es ist immer wieder ein wunderbares Gefühl, die Lungen mit sauberer Luft durchgepustet zu wissen und dieses Salzig-Feuchte zu schmecken, das sich auf meine Lippen legt. Die Brandung war gestern hoch, die Nacht zuvor hatte es auf See einen Sturm gegeben, dessen Auswirkungen immer erst später an die Küste klatschen. Manchmal werden erst mehrere Tage nach einem Sturm Gegenstände angespült, die entweder dem Wind zum Opfer gefallen oder die schon lange Zeit im Meer auf Reisen gewesen waren.

Zuletzt werden sie durch die Wucht der Wellen an den Strand geworfen und gelangen nach Tagen und Wochen unter Wasser wieder ans Tageslicht. Gestern fand ich nichts, hinterließ alleine meine Spuren im Sand und hing meinen Gedanken nach.

Die längste Zeit meines Lebens war ich von vielen Menschen umgeben. Die meisten waren mir wohlgesonnen. Bei denen, die es nicht waren, lernte ich erst mit der Zeit, hinter deren Fassade zu blicken. Bei manchen erkannte ich ihre wahren Absichten vielleicht nie, wer weiß das schon.

Ich wuchs in dem großen Haus einer angesehenen Familie auf. Man ließ mich anfangs nicht spüren, dass ich nicht wirklich eine von ihnen war und ich wusste es in meiner Unschuld damals auch nicht. Inmitten der leiblichen Kinder von Eduard und Antonia wurde ich versorgt und erzogen und ahnte lange nichts von meiner wahren Herkunft.

An diese unbeschwerte Zeit meiner Kindheit erinnere ich mich nur schemenhaft. In diesen Jahren fand ich wie selbstverständlich Halt in einem Boden, der es bis dahin gewohnt war, nur Sprösslinge derselben Herkunft zu versorgen. Solange ich klein war und es darum ging, meine grundlegendsten Bedürfnisse wie Essen, Trinken und ein gewisses Maß an Bildung zu stillen, funktionierte das sehr gut. Als der Krieg 1939 ausbrach, war ich zehn Jahre alt.

Mein Kater hat sich noch nicht an das Tastengeklimper gewöhnt und blickt öfter als gewöhnlich von seinem Platz unter dem Sessel zu mir hoch. Denn sonst sitze ich in meinem Lehnsessel mit einem Buch, von dem ich nur ab und zu aufsehe, um auf die See zu schauen. Das Klappern der Tastatur ist neu für meinen Gefährten, aber auch er wird trotz seiner alten Tage in der Lage sein, sich noch ein letztes Mal auf etwas Neues einzulassen.

Da sich die Wolken zu verziehen scheinen, werde ich heute einen Spaziergang ins Dorf unternehmen, um zu telefonieren – und zwar mit dem einzigen Menschen, mit dem ich noch in Kontakt stehe. Daher werde ich nun beginnen, mich vorzubereiten. Wenn ich an den Strand spaziere, erspare ich mir diese Prozedur, aber wenn ich vorhabe, einen längeren Weg zurückzulegen, verlasse ich das Haus immer so, als ob ich nicht wiederkehren werde. Nun, das wäre jetzt natürlich schade, denn vielleicht möchtest du weiter darüber lesen, was sich in meinem Leben ereignete und ich fing diese Aufzeichnungen schließlich an, um etwas Bleibendes festzuhalten. So hoffe ich also, dass der heutige Weg ins Dorf nicht mein letzter sein möge. Trotzdem werde ich mich vorher vergewissern, ob alles sicher verpackt und verschlossen ist, was verpackt und verschlossen sein muss.

17.10.96
Ich habe heute Morgen lange geschlafen, weil der gestrige Spaziergang ins Dorf ziemlich anstrengend war. Der Wind frischte doch nochmal auf und so musste ich gegen ihn ankämpfen, als ich um die Landzunge an der Küste wanderte. Wenn die Zeit vorüber ist, zu der sich trotz der Einsamkeit doch mancher Tourist hierher verirrt, kann man sich sicher sein, auf dieser Strecke niemandem zu begegnen. Inzwischen trübt die körperliche Anstrengung solcher Unternehmungen aber leider zunehmend den

Genuss, den mir die unberührte Natur zu bereiten vermag.
Mit der Aussicht auf ein Telefonat mit Hannah kämpfte ich mich jedoch voran. Ich würde ihr endlich von meinem Versteck erzählen müssen, beschloss ich auf dem Weg und erreichte in Gedanken versunken schließlich das Dorf. Sie muss die Dinge finden, wenn ich einmal nicht mehr zurückkehren sollte und vorher muss ich ihr auch noch einiges erzählen. Es ist an der Zeit, ihr auch die letzten Dinge anzuvertrauen, dachte ich so vor mich hin.

Als ich Hannah damals vor 17 Jahren das erste Mal sah – es war im Spätwinter 1979, ich weiß es noch ganz genau – erkannte ich sie sofort als diejenige, die ich gesucht hatte. Ihr schmales Gesicht, die glatten dunkelbraunen Haare und ihre großen Rehaugen erinnerten mich an ihre Mutter, mit der ich aufgewachsen war. Ich hatte über Umwege davon erfahren, dass Hannah versuchte, Kontakt mit ihrer Familie aufzunehmen, die sie vorher nie kennengelernt hatte. Das ließ mich aufhorchen und veranlasste mich, sie zu suchen. Denn ich wollte unbedingt dafür sorgen, dass sie die Wahrheit erfuhr.
Ich hatte herausgefunden, wo Hannah wohnte, und hoffte, sie aufspüren zu können. Sie war damals, als ich ihr das erste Mal begegnete, mit ihrem Sohn Timmy im Stadtpark unterwegs. Die beiden fütterten gemeinsam die Enten am Teich. Später erzählte sie mir, dass dieser Platz im Park ihr gemeinsamer Lieblingsort gewesen war – versteckt unter einer großen Birke, die Timmy und ihr besonders gut gefiel. Hier verbrachten sie gern etwas Zeit, um frische Luft zu schnappen und nach Verlassen des Hauses und dem Gang durch die Stadt Zeit in der

Natur zu genießen. Diese kleinen Ausflüge waren für Timmy wichtig, da seine Nase chronisch verstopft war und ihm das Atmen an der frischen Luft Linderung verschaffte.

Ich war damals 50 Jahre alt und beobachtete die beiden. Timmy hatte einen großen Kopf, der direkt auf dem Rumpf zu sitzen schien. Seine Stirn stand etwas hervor und seine Nase war flach und breit. Ich hatte das Gefühl, meinem kleinen Halbbruder Paul in die Augen zu sehen. Auch er hatte diese Augen, die von buschigen Brauen überspannt wurden. Mir war schnell klar, dass sich meine Vermutung nun bestätigt hatte und ich wollte nicht mehr warten, sondern mich Hannah und Timmy vorstellen.

Hannah war mir jedoch zuvorgekommen und schob den vierjährigen Timmy in seinem Rollstuhl bereits in meine Richtung. Das war eine Schlüsselsituation in meinem Leben. Die Bekanntschaft dieser beiden wertvollen Menschen sollte Vieles zurechtrücken und ein wenig Wiedergutmachung ermöglichen.

Nun war ich also gestern auf dem Weg ins Dorf, um Hannah anzurufen. Sie freute sich sehr als sie meine Stimme hörte und versprach, in ein paar Wochen zu kommen. Für mich ist es nicht wichtig, wann genau sie eintreffen wird, ich bin immer zu Hause und werde noch ein paar Tage Zeit haben, mir alles zu überlegen. Hauptsache sie kommt, auch wenn es noch eine Weile dauern sollte.

Im Dorf begegnete ich zum Glück nur ein paar Leuten, die ich nicht näher kenne. Ich bin immer froh, wenn ich mich nicht mit Gesprächen aufhalten muss, die die Rückkehr in mein Haus verzögern. So verlief der Ausflug ohne Zwischenfall. Dennoch war ich danach sehr müde und froh mit Kater zu meinen Füßen, wo er auch nun wieder sitzt und dem Klappern der Tastatur lauscht, einzuschlafen.

18.10.96

Gestern verzichtete ich auf meinen üblichen Strandspaziergang, denn ich zollte dem Ausflug ins Dorf noch Tribut. Da ich auch nicht in Kürze mit Hannahs Besuch rechne, sondern erst noch ein paar Tage vergehen werden, gönnte ich mir einen Nachmittag im Sessel mit Tee, einer warmen Decke und einem dicken Schmöker auf dem Schoß. Kater war zufrieden und schnurrte ungestört von Tastengeklimper vor sich hin. Im Moment dagegen erduldet er das Klappern, halb schlafend mit einem gelegentlich leicht vorwurfsvollen Blick in meine Richtung.

Bevor ich Hannah und Timmy damals im Park begegnet war, hatte ich keinen Gedanken daran verschwendet, dass sie mir vielleicht nicht wohlgesonnen entgegentreten könnte. Daher erschrak ich, als sie mit Timmy auf mich zuschob und unvermittelt und deutlich sagte: „Ich denke, Sie haben meinen Sohn nun lange genug gemustert. Bitte unterlassen Sie das, dieses Anstarren verletzt uns!"
Sie sagte es wie etwas, das sie schon oft gesagt hatte, ihr Auftreten wirkte selbstbewusst und stark, aber das Funkeln in ihren Augen verriet große Unsicherheit und tiefen Schmerz. Timmy saß still in seinem Rollstuhl, ein Speichelfaden rann ihm aus einem Mundwinkel. Ich sah in an und als mir mein Blick bewusst wurde, blickte ich sofort wieder von ihm auf, denn es tat mir unendlich leid, dass ich wie die üblichen Gaffer auf Hannah gewirkt

hatte. Ich wusste nicht, wo ich beginnen sollte, stand stumm da und sagte schließlich doch: „Nein, so ist das nicht..."

„Doch, so ist das!" entgegnete Hannah sofort, „Ihr wisst alle gar nicht, wie sehr es uns verletzt, wenn wir so angestarrt werden. Seid doch einfach glücklich darüber, gesund zu sein und geht weiter eurer Wege." Sie sprach im Plural, weil sie die Gesellschaft insgesamt anprangerte.

„Hannah...." setzte ich an.

„Woher kennen Sie meinen Namen?" erwiderte sie sofort, während sie Timmys Gesicht und seine breiten Lippen mit einem Taschentuch abtupfte.

„Ich habe dich und Timmy gesucht. Wir haben uns noch nie gesehen, aber ich kannte deine Mutter sehr gut."

Es sprudelte aus mir heraus und sie starrte mich an, was ich an ihrer Stelle wohl auch getan hätte.

„Meine Mutter? Ich lege keinen Wert auf die Beziehung zu meiner Mutter und will auch nichts mit ihren Freunden zu schaffen haben."

„Ich war nicht ihre Freundin, ich bin mit ihr aufgewachsen, in Ludovsmark."

Keine Reaktion, nur große Augen, die mich ansahen.

„...im Gutshaus deiner Großeltern, ich bin ihre ... Adoptivschwester."

Timmy begann zu husten und zog sofort Hannahs besorgten Blick auf sich. Dann schnellten ihre Augen aber sofort wieder zu mir zurück.

„Ich habe noch nie etwas von Ihnen gehört. Ich will nicht mit Dingen belästigt werden, die nichts mit meinem Leben zu tun haben. Bitte lassen Sie uns in Ruhe."

„Hannah, ich weiß, das klingt alles sehr abwegig und es tut mir leid, dass ich dich so verwirren muss. Aber ich will dir wirklich nur helfen."

Timmy hustete stärker.

„Nein, lassen Sie mich! Ich muss jetzt nach Hause."

„Bitte, Hannah, lass mich dir erklären, warum ich dich und Timmy gesucht habe."

Timmy hustete noch stärker.

„Nein, sehen Sie nicht, dass mein Kind Hilfe braucht? Lassen Sie mich jetzt vorbei!"

„Selbstverständlich…" Ich sah besorgt zu Timmy, diesem kleinen lockigen Kerl, der blau anzulaufen drohte. Hannah kramte in ihrer Manteltasche. Hektisch und ungelenk brachte sie ein kleines Fläschchen zum Vorschein, das vor meine Füße fiel. Ich hob es schnell auf, um es ihr zurückzugeben.

Das Mittel, das Hannah ihm in den Rachen sprühte, half Timmy sofort. Das Husten ließ schnell nach, er atmete ruhiger und saß schließlich wieder zufrieden in seinem Rollstuhl.

Ich streichelte ihm über die Haare. „Du siehst aus wie dein Onkel Paul, kleiner Timmy, genauso hübsch, liebenswert und voller Lebenswillen."

Timmy lächelte und Hannah sah mich unsicher an.

Die Leute, die sich inzwischen um uns geschart hatten, starrten.

„Bitte gehen Sie weiter", sagte ich „bitte gehen Sie, es gibt nichts zu sehen."

Vereinzeltes Füßescharren, unentschlossenes Verweilen.

„Hören Sie doch auf, dieses Kind so anzustarren! Spüren Sie nicht, dass Sie ihm und seiner Mutter mit diesen Blicken zu nahe treten? Bitte gehen Sie jetzt weiter!" Ich versuchte, die Leute mit meinen Armen vorbei zu winken, um sie zum Gehen anzutreiben.

Gemurmel, letzte Blicke, Davongehen.

Hannah sah mich dankbar an, das Eis war angeschmolzen und ich durfte die beiden nach Hause begleiten.

So lernten wir uns damals kennen und so begann ein gemeinsamer Weg, der noch nicht zu Ende ist. Bald wird Hannah hoffentlich kommen, leider ohne Timmy, er lebt schon lange nicht mehr.
Ich werde mir nun Tee kochen, um ihn anschließend warm zu halten. Denn es ist schön, sich gleich nach einem Strandspaziergang eine Tasse einschenken zu können.

19.10.96
Es war gestern ein kurzer Spaziergang, denn es regnete leicht und ich will mich nicht erkälten, sondern lieber noch eine Weile fit bleiben. Dennoch fand ich einen zerbeulten Topf, von dem die Farbe abgeblättert war. Er mochte einmal rot und grün angestrichen gewesen sein. Rostig steckte er im Sand, weil ihn niemand mehr braucht. Ob er wohl dem Sturm von vor zwei Tagen zum Opfer gefallen war? Welche Reise hat er hinter sich? – Ich mag es nicht, wenn die Sachen am Strand liegen bleiben, deshalb hob ich dieses alte Utensil auf und nahm es mit nach Hause. Dort legte ich es zu den anderen Dingen, die sich als Strandgut im Laufe der Jahre im Schuppen angesammelt haben.
Die vorbereitete Tasse Tee wartete auf mich und natürlich Kater, der mich vorwurfsvoll ansah als er Regenwasser, das von meiner Jacke tropfte, abbekam. Er

verzog sich schnell zum Sessel am Fenster, wohlwissend, dass ich ihm in Kürze dorthin folgen würde.

Der Topf hat weitere Erinnerungen an meine Kindheit wach gerufen. Jeden Samstag gab es Riesenmengen Bohnensuppe mit Pfannkuchen. Wir Kinder hätten lieber die doppelte Portion Pfannkuchen gegessen und dafür auf die Suppe verzichtet, aber das wurde uns natürlich nicht erlaubt. Hannahs Mutter Luise, ihr Bruder Paul und ich saßen immer gemeinsam an einem ovalen Tisch in der großen Küche und aßen gemeinsam mit unserem Kindermädchen Dora. Sie war kein junges Kindermädchen, sondern hätte unsere Großmutter sein können. Und sie gehörte zum Haus wie die Möbel in ihm und der große Garten rundherum. Alles hatte irgendwie mit Dora zu tun, sie schien überall zu sein und über jedes und jeden Bescheid zu wissen. Meistens half sie Paul beim Essen, weil er sich sehr ungeschickt anstellte und sich oft verschluckte. Früher hatten wir gemeinsam mit Antonia und Eduard gegessen, aber Eduard musste sich immer so sehr über Pauls Unbeholfenheit aufregen, dass irgendwann entschieden wurde, die Mahlzeiten getrennt voneinander einzunehmen. Das entspannte die Situation für uns alle.
So spielte sich das Familienleben zwischen Essen, Unterricht, Lernen, Spaziergängen und Schlafen ab.

Paul hörte immer gern Musik. Er roch auch gern an Instrumenten und lächelte dann zufrieden, auch wenn sie gar nicht spielten.
Vieles blieb ihm in seinem Leben verwehrt und Eduard schimpfte ihn einen Taugenichts, den er durchzufüttern habe. „Unser Land braucht tapfere deutsche Männer, die

das Land säubern und voran bringen", sagte er immer wieder.
Ich glaube nicht, dass Paul etwas von dem verstand, was ihm vorgeworfen wurde. Wie man mit ihm umging, empfand ich schon damals als Unrecht, aber ich schwieg. Es kam ein Zeitpunkt in meinem Leben, zu dem ich dieses Schweigen als große Schuld, sogar als größte Schuld meines Lebens begriff. Dieses Begreifen schmerzte und eine Scham machte sich in mir breit, Scham, weil ich lebte und Paul schon lange nicht mehr. Und es führte dazu, dass ich etwas tat, was bis heute nur Dora wusste. Aber sie lebt nicht mehr und nun möchte ich es endlich Hannah anvertrauen.

Kater hat wohl gemerkt, dass es mir bei diesen Zeilen nicht gut geht, er ist inzwischen auf meinen Schoß geglitten und schnurrt an meinem Bauch beruhigend auf mich ein.

25.10.96
Timmy war so ein Sonnenschein. Er haderte nicht mit seinem Leben und verbreitete trotz seiner Beschwerden und seiner ständigen Hustenattacken Freude und Liebe. Das konnte er vor allem auch deshalb, weil er von Hannah bedingungslos geliebt wurde.
Paul hingegen war nicht bedingungslos geliebt worden. Man hatte auch aufgegeben, irgendwelche Erwartungen und Forderungen an ihn zu stellen. Seinem Vater war er lästig und seine Mutter hatte nicht das Rückgrat, sich für ihn einzusetzen. Wir als Geschwister sahen zu, wie er

gedemütigt, vernachlässigt und schließlich abgeholt wurde.
Abgeholt von einem Arzt, den Männer in braunen Uniformen begleiteten. Sie standen in der Eingangshalle und sprachen mit Eduard und Antonia. Ich stand unbemerkt hinter einem Treppenpfosten im ersten Stock und hörte den Arzt sagen, dass die Schule ein ausführliches Dokument vorgelegt habe. Demnach liege der Verdacht nahe, dass Paul Träger kranker Erbanlagen sei. Bei diesen Worten versteckte sich Paul sofort hinter seiner Mutter.
Ich erinnerte mich an die Besuche von Pauls Lehrerin in den Wochen zuvor. Sie hatte erklärt, dass sie sich Pauls häusliches Umfeld näher ansehen wolle, da er ein auffälliges Kind sei und besonderer Pflege und Aufsicht bedürfe. Wenn sie den Überblick hätte, könne man die Gesamtsituation sicher viel besser in den Griff bekommen.
„Ein Verbleiben im Erbgang scheint nach den Ergebnissen des Hilfsschulbesuchs nicht erwünscht." sagte der Arzt und riss mich damals aus meinen Gedanken.
Vater nickte.
Mutter fragte: „Was heißt denn das, Eduard?"
„Nur, dass Paul in die Klinik muss, damit man ihm helfen kann." Antonia schwieg.
Der Arzt sah von einem zum anderen und nickte Paul dann zu: „Komm, unser Auto steht draußen."
Paul machte sich ganz klein hinter Mutters Rücken. Er wollte nicht mitgehen. Und sie schwieg immer noch.
Ich weiß noch genau, wie schlecht mir damals war. Ich konnte meinen Bruder von hinten sehen, der kleine Zwölfjährige, ein Häufchen Elend und voller Angst. Ein

Verbleiben im Erbgang ist nicht erwünscht. Was sollte das denn heißen? Und warum schwieg Mutter die ganze Zeit? Dann ging alles sehr schnell: Weinen, Schreien, ein ungeduldiger Vater, energische Arzthände, Türenschlagen, Motorengeräusche, Stille, Lähmung, Nichtbegreifen.
Eduard sagte: „Antonia, hör auf zu weinen, es ist besser so. In ein paar Tagen wird er wieder zu Hause sein." Dann verschwand er im Esszimmer.
Ich schlich damals in mein Zimmer, verstand nichts und fühlte mich wie eine Verräterin, weil ich Paul nicht geholfen hatte. Denn dass etwas mit ihm geschah, was er nicht wollte, war offensichtlich gewesen.

Was genau passieren sollte, überstieg meine damalige Vorstellungskraft. Heute weiß ich, dass das NS-Regime 1933 ein „Gesetz zur Verhütung erbkranken Nachwuchses" erlassen hatte. Darin hieß es, dass die im Volkskörper verbreiteten kranken Erbanlagen allmählich beseitigt und damit für die nachfolgenden Generationen eine steigende Gesundung eingeleitet und sichergestellt werden sollte. Lehrkräfte waren verpflichtet worden, sich mit den wichtigsten Bestimmungen des Gesetzes vertraut zu machen und für die Durchführung der Maßnahmen wertvolle Vorarbeit zu leisten. Erzieher sollten aus ihrer nationalsozialistischen Grundhaltung heraus vertrauensvoll mit den Eltern zusammenarbeiten und diese davon überzeugen, ihr Kind freiwillig der Sterilisation zuzuführen.
Wie diese vertrauensvolle Zusammenarbeit ausgesehen hat, entzieht sich meiner Kenntnis. Paul war jedenfalls

abgeholt worden und es hieß zunächst, dass er bald wieder zu Hause sein würde.

Der Wind heult heute wieder ums Haus und peitscht die Wellen an den Strand. Ich will hinaus und mitheulen. Der Regen ist mir egal, ich beende für heute diese schrecklichen Zeilen.

28.10.96
Paul war weg.
„Er kommt bald wieder", hieß es manchmal und ich hatte schreckliche Angst davor, dass sie mich aus irgendeinem Grund, den ich noch nicht kannte, auch holen würden. Aus einem Grund, den ich mir nicht ausmalen konnte, so wie auch Paul niemals geahnt hatte, dass er gehen musste. Ich verhielt mich im Haus noch unauffälliger als ich es sowieso schon immer getan hatte, um nicht in den Fokus des Interesses zu rücken. Die Mahlzeiten nahmen wir weiter mit Dora in der Küche ein, aber es war nicht mehr so unbeschwert wie vorher. Blickkontakte wurden vermieden, denn jeder wusste, dass etwas schrecklich Ungerechtes geschehen war. Aber niemand sprach darüber.

Heute bin ich mit der Tür ins Haus gefallen, fing ohne ein paar einleitende Sätze sofort damit an, von der Vergangenheit zu erzählen. Ich hatte wohl Angst, nicht mehr den Mut zu haben, über damals zu berichten, wenn erst einmal ein paar Augenblicke vergangen sind. Gestern mied ich die Schreibmaschine den ganzen Tag lang, beschäftigte mich mit Haushaltsangelegenheiten und bereitete das Gästezimmer für Hannah vor, obwohl es noch eine Weile dauern wird bis sie kommt. Das Wetter war nicht sehr einladend und so verbrachte ich den Tag im Haus und konnte mich Kater widmen, der das dankbar annahm.

Meine Kopfschmerzen waren gestern stärker als sonst, so dass ich am Nachmittag schließlich ein Schmerzmittel einnahm und schnell schläfrig wurde. Heute ist es wieder besser, aber die Attacken kommen in kürzeren Abständen und rufen mir ins Gedächtnis, dass ich nicht mehr unbegrenzt Zeit habe.

Meine Schwester Luise, Hannahs Mutter, war mir schon immer ausweichend begegnet und warum das so war, sollte ich bald erfahren. Ich vergaß das letzte Mal zu erwähnen, dass Antonia hochschwanger war als Paul abgeholt wurde. Es wurde wenig über die Schwangerschaft gesprochen, denn Antonia selbst machte kein großes Thema daraus. Nachdem Paul fort war, weinte sie viel. Eduard war kaum noch zu Hause und ich hoffte damals, dass unser Leben mit Pauls Rückkehr und der Geburt des Babys wieder freudiger werden würde. Wenn Vater nicht da war, suchte ich häufiger als sonst Antonias Nähe und leistete ihr beim Musikhören oder Handarbeiten Gesellschaft. Sie war dabei, eine schöne, kleine Jacke für das Baby zu stricken und ich sah ihr gern dabei zu. Es beruhigte mich, wenn sie mit den Stricknadeln vor ihrem dicken Bauch herumklimperte und vor sich hin lächelte. Luise gesellte sich nicht zu uns, aber ich beobachtete manchmal, dass sie Mutter besuchte, wenn ich nicht bei ihr war.

Hannah ist so viel herzlicher als ihre Mutter Luise. Nachdem ich sie und Timmy aus dem Park nach Hause begleitet hatte, war das Eis zwischen uns gebrochen. Wir waren gemeinsam durch die Stadt gegangen und ließen die Blicke der Menschen um uns herum über uns ergehen. Diese blieben zuerst auf Timmy haften, glitten dann zu Hannah, die seinen Rollstuhl schob, und schließlich zu mir. Wenn man schon fast aneinander vorbei gegangen war, drehten sich die Gesichter noch einmal zu uns herum und musterten Timmy ein letztes Mal. Die Tatsache, dass das nicht die Ausnahme war, sondern sich etwa zwei von drei Passanten so verhielten, machte den Heimweg zu einer Art Spießroutenlauf und ich sah Hannah an, wie sehr sie unter den Blicken litt und wie unglücklich sie war, ihren Sohn vor der Musterung seiner Mitmenschen nicht schützen zu können.

Bei ihr zu Hause angekommen, half ich dabei, Timmy in den zweiten Stock zu tragen und den Rollstuhl zu verstauen. Anschließend kochte ich in ihrer kleinen, gemütlichen Küche wie selbstverständlich eine Kanne Tee, während sie Timmy im Bad frisch machte und umzog.

Es war der Beginn einer wunderbaren, vertrauten Beziehung zwischen uns dreien, für Hannah jedoch auch der Auftakt zu einer schmerzlichen Erfahrung, denn ich war in ihr Leben getreten, um ihr die Wahrheit über ihre Familie zu erzählen.

Paul entglitt uns damals immer weiter: Vater überbrachte die Nachricht am vierten Abend nach Pauls Abholung. Die Sterilisationsnarbe habe sich entzündet, Paul sei in eine Kinderfachabteilung für „solche Fälle" verlegt

worden. Man könne ihn nicht besuchen, weil keine weiteren Keime hineingetragen werden dürften.
Sterilisationsnarbe – mir wurde jetzt erst klar, was eigentlich mit Paul geschehen war – wie hatte der Arzt an jenem Abend gesagt? „Ein Verbleiben im Erbgang scheint nach den Ergebnissen des Hilfsschulbesuchs nicht erwünscht." Man wollte sicher gehen, dass so einer wie Paul nicht noch einmal das Licht der Welt erblickte.
Mir war schlecht. Ich hasste meinen Vater, der das alles in Ordnung zu finden schien und verstand Antonia nicht, die nichts unternahm.

Zum Glück habe ich diesen Teil der Geschichte, den ich hier niederschreibe, mit Hannah schon längst besprochen. Ich freue mich sehr auf ihr Kommen und werde für heute Schluss machen.
Wenn ich es recht bedenke, ist es schon seltsam, meine Lebensgeschichte aufzuschreiben, ohne zu wissen, wer sie vielleicht einmal liest und ohne dann zu erfahren, was derjenige darüber denkt…
Die Sonne schickt gerade ein paar Strahlen an den Strand, so dass ich heute wieder hinausgehen werde, um nachzusehen, was die Wellen mir mitgebracht haben.

03.11.96
In den letzten Tagen bin ich immer wieder um die Schreibmaschine herumgeschlichen und wusste nicht, wie ich das, was nun zu erzählen ist, berichten soll. Aber ich muss diese Ungeheuerlichkeit als Nächstes loswerden, weil ich sonst nicht an meine Begegnung mit Hannah und Timmy anknüpfen kann.

Paul kam und kam nicht wieder.
Die Wunde sei immer noch entzündet, er könne noch nicht nach Hause, sagte Eduard.
Der kleine Paul, allein in einem unbekannten Krankenhaus unter fremden Menschen, ich mochte es mir nicht vorstellen, musste aber immer daran denken. Antonia sagte nie etwas, vielleicht sprach sie mit Eduard, wenn wir anderen nicht dabei waren, ich bekam es jedenfalls nicht mit.
Nach etwa drei Wochen kam Eduard zu Luise und mir und sagte: „Die Kinderfachabteilung hat sich gemeldet. Die Komplikationen bei Paul waren so gravierend, dass sie nichts mehr tun konnten. Er ist gestern gestorben."
Gestorben. Tot? Tot!! Ich konnte nicht glauben, was ich hörte.
„Nein!" schrie ich „Nein, warum denn? Er war doch ganz gesund! Warum hast du das mit ihm machen lassen?!"
Eduards Züge verhärteten sich: „Schweig, Katharina! Du hast ja keine Ahnung!"
Ich schluchzte und sah, dass auch Luise das alles nicht begriff und sich betroffen auf einen Stuhl sinken ließ.
„Es ist besser so", setzte Eduard ruhiger an, „er hätte sowieso keine Chance mehr gehabt." Ich verstand ihn nicht. Für mich brach eine Welt zusammen und ich rannte davon, um Antonia zu suchen. Aber ich fand sie nicht, sie war nicht da...

An dieser Stelle muss ich das Ungeheuerliche, das die Nazis an meinem kleinen Bruder Paul und an so vielen anderen behinderten Menschen verbrochen haben, berichten. Ich weiß nicht, wie – ich muss es in Fetzen schreiben, Fetzen, die mich schier zerreißen:

bedürftig, behindert oder krank
aus den Familien gerissen
nicht passend für dieses Land
abgeholt und eingepfercht
zur Reinigung des Volkes
in Krankenhäuser
die nur der Aufbewahrung dienten
dort behalten
unter Bedingungen, die krank machen
zum Tod führen sollen
Hilfe verweigert, unbehandelt leiden lassen
geplant und bequem entsorgt

Allein, ohne Mutter und Vater
krank, sterbend
lieblos entsorgt
als wertloses Stück Leben!

Allein blieb eine Nachricht!
Paul!

26.11.96
Hannah ist seit gestern bei mir und es war höchste Zeit, dass sie kam. In den letzten Tagen brachte ich keine Kraft auf; die Erinnerungen an Paul machten mich krank. Das heißt, nicht die Erinnerungen an Paul, denn er hat einen besonderen Platz in meinem Herzen, sondern das, was damals mit ihm geschah.
Nach meinem letzten Eintrag vernachlässigte ich alles, räumte nicht mehr auf, aß nichts Anständiges und brachte Kater nur Futter, wenn er nicht aufhörte, um meine Beine zu streichen und laut zu maunzen. Ich lüftete nicht, brachte den Müll nicht hinaus und saß nur in meinem Sessel am Fenster. Ich konnte Tag und Nacht nicht mehr unterscheiden, denn die schrecklichen Erinnerungen zogen mich in ihren Bann und ließen alles wieder hochkommen: Schuld, Versäumnis, Ohnmacht, Schweigen, Hass und Angst.
Gestern kam Hannah und fand mich so vor. Nachdem sie vergeblich an der Haustür geklopft hatte und ich nicht öffnete, strich sie um das Haus und fand mich hinter dem Fenster sitzend. Der Schreck stand ihr ins Gesicht geschrieben, denn ich musste einen erbärmlichen Anblick abgegeben haben und starrte sie durch die Scheibe an. Sie versuchte es über die Hintertür und hatte Glück, denn diese ist selten abgeschlossen. Zum Glück weiß das sonst niemand. Sie kam herein, setzte sich zu mir, nahm meine Hände und sah mit einem Blick, was mit mir los war. Sie fragte nicht und kümmerte sich einfach. Als erstes kochte sie eine kräftige Suppe aus dem, was sie mitgebracht hatte, und räumte nebenbei auf. Nach kurzer Zeit sah es schon viel freundlicher aus und mit etwas Warmen im Magen erwachten meine Lebensgeister langsam wieder. Erst als wir fertig gegessen

hatten, sagte ich: „Hannah, wie schön, dass du da bist. Ich danke dir."
Sie lächelte mich an und nickte. „Ja, es ist schön, endlich hier zu sein. Geht es dir besser?"
„Ja, ist schon in Ordnung, es war nur…"
„Du musst mir nichts erklären, ich weiß wie es ist, wenn es wieder hoch kommt."
„Ja", ich nickte. Sie ist so eine starke Frau.

Ich hatte sie schon damals in ihrer kleinen Küche bewundert, in der wir gesessen hatten, nachdem wir uns im Park kennengelernt hatten.
Ich hatte mich in ihrer kleinen Wohnung gut zurecht gefunden und Tee gekocht – so wie sie jetzt für mich hier bei mir. Sie kam mit Timmy zurück in die Küche, setzte sich mit ihm zu mir und sah mich fragend an.
„Ich möchte jetzt wissen, warum ich von Ihnen noch nie etwas gehört habe."
„Sie hat wirklich nie von mir gesprochen? Luise hat mich nie erwähnt?" Ich konnte es nicht glauben, auch wenn mein Verhältnis zu meiner Schwester nach Pauls Ermordung noch schlechter geworden war. Sie hatte mich tatsächlich vollkommen aus ihrem Leben gelöscht, als sie über mich die ganze Wahrheit erfahren hatte.
„Nein, ich wusste bis jetzt nicht, dass ich eine Tante habe. Und ich weiß auch nicht, warum ich das nun einfach so glauben sollte."
Ich nickte „Das verstehe ich natürlich…Hat Luise denn mal von ihrem Bruder Paul gesprochen?"
Hannah stutzte „Ja, sie sagte, er sei früh gestorben."
Der heiße Tee schien auf einmal zu heiß für mich zu sein, ich schreckte zurück.
„Das hat sie gesagt?"

„Ja"
„Mehr nicht?"
„Nein, sonst nichts."
Ich streichelte über Timmys Haare; er lächelte mich freundlich an. Ich musste es ihr sagen, deswegen war ich ja überhaupt hergekommen. Es war an der Zeit.
„Weißt du, Hannah, wenn ich deinen kleinen Schatz hier ansehe, dann sehe ich deinen Onkel Paul. Er war auch so ein hübscher Junge, nur eben anders, zum Zorn deines Großvaters."
Sie sah mich mit großen Augen an.
„Du meinst…"
„Ja, ich meine, dass Paul krank war, so wie Timmy. Es ist etwa 40 Jahre her, die dunklen Haare, die buschigen Augenbrauen, die vollen Lippen, der ständige Husten und die schrecklichen Atemprobleme. Er blieb in seiner Entwicklung zurück und er hatte keine Chance. Damals hatte niemand eine Chance, der dem Volk nicht von Nutzen war."
Ich hatte schon zu viel gesagt und war für den Anfang zu weit gegangen. Hannah saß stocksteif da und wusste nicht, was geschah. Es arbeitete hinter ihrer Stirn und ich konnte nicht einschätzen, in welche Richtung. Timmy schnalzte vor sich hin, so dass ich ein Tuch nahm und ihm über das nasse Kinn wischte. Hannah verfolgte diese Geste und sah mich schließlich lange an:
„Ich glaube dir. Ich hatte es geahnt. Diese Krankheit wird vererbt, ich bin schon einige Zeit auf der Suche…"
„Ja, ich weiß, ich habe davon gehört und da ich weiß, dass man dir nicht die ganze Wahrheit erzählen wird, habe ich dich aufgesucht."
Und dann erzählte ich ihr eine Nacht hindurch die Geschichte ihrer Vorfahren, damit sie ihre eigene

Geschichte und das Schicksal ihres Sohnes verstehen lernte.

29.11.96

Hannah ist nun schon einige Tage hier bei mir und wir machen uns täglich zu ausgedehnten Strandspaziergängen auf. Nur gestern kamen wir etwas früher wieder zurück, weil meine Kopfschmerzen zu stark waren. Diese furchtbare Krankheit meldet sich immer dann, wenn ich sie gerade für eine Weile vergessen habe. Kater freute sich, dass er auf diese Weise viele Stunden bei mir liegen konnte, denn meine Spaziergänge mit Hannah gefallen ihm nicht. Er ist eifersüchtig und will unsere restliche Zeit gern zu zweit genießen. Ich habe den Eindruck, er weiß, dass uns nicht mehr viele gemeinsame Tage vergönnt sein werden. Manchmal sieht er mich so seltsam an, aber vielleicht bilde ich mir das auch nur ein und es ist einfach sein Katergesicht, das er aufsetzt, um mir zu verstehen zu geben, dass es doch viel gemütlicher ist, im Sessel zu sitzen als durch Wind und Regen am Strand spazieren zu gehen.

Ich hatte in den letzten Tagen Gelegenheit, die restlichen Lücken in Hannahs Lebenslauf zu schließen und ihr die Antworten zu geben, die ich unmöglich mit ins Grab nehmen kann.

Damals in Hannahs lauschiger Küche erzählte ich ihr zunächst von Paul, wie er war, wie er aussah, was seine Probleme waren, was er nicht lernen konnte und sie erkannte schnell, dass es so war, als spräche ich von Timmy. Bevor ich ihr von Pauls Abholung und dem, was folgte, berichtete, brachten wir Timmy ins Bett. Er war

trotz seiner Behinderung ein kluger, gewitzter kleiner Mann, dem ich diese schrecklichen Details ersparen wollte.
In der kleinen, gemütlichen Küche schienen meine Worte anschließend grotesk gegen die Wände und Hannahs Stirn zu donnern.
Das Entsetzen stand ihr ins Gesicht geschrieben. „Mein Gott, das kann doch nicht wahr sein!"
„Dein Großvater war leider einer von ihnen und machte vor seiner eigenen Familie nicht Halt. Er schämte sich für seinen Sohn und wollte ihn so elegant wie möglich loswerden. Wahrscheinlich dachte er, das Sterben im Krankenhaus würde seine wahren Motive nicht offenbaren."
„Aber was war mit meiner Großmutter? Warum hat sie nichts unternommen?"
„Sie war schwach und sie hatte große Angst vor Eduard. Ich glaube auch, dass ihr nicht wirklich klar war, was geschah. Erst als es zu spät war... und dann verlor sie auch noch ihr Baby. Der Schmerz war einfach zu groß für sie."
Ich stürzte Hannah von einer Ungeheuerlichkeit in die nächste, aber ich konnte es ihr nicht ersparen, wenn sie die Wahrheit erfahren wollte.
„Als Eduard mit der Nachricht von Pauls Tod nach Hause kam, verkraftete Antonia das nicht. Sie brach zusammen und wurde sofort ins Krankenhaus gebracht. Deshalb hatte ich sie auch nicht gefunden, als ich nach der Nachricht von Pauls Tod zu ihr gelaufen war. Sie bekam einen kleinen Sohn – viel zu früh und er hatte keine Chance, wie sein Bruder – wenn auch aus anderen Gründen."

Wir schwiegen eine Weile und Hannah schüttelte ungläubig den Kopf. „Noch ein Onkel, der nicht leben durfte."
Ich trank einen Schluck Tee, der gemischt mit den auflebenden Erinnerungen wie faules Wasser schmeckte. „Deine Großmutter überlebte diese Nacht nicht. Ich weiß nicht, warum sie starb, vielleicht vor Kummer, Schmerz und Leid. Deine Mutter und ich waren fortan mit Eduard, und Dora allein im Haus. Um uns herum tobte der Krieg. Ohne Dora, die gute Seele, wäre es nicht zu ertragen gewesen. Aber sie umsorgte uns, war ... wie eine Großmutter für uns." Ich zögerte damals noch, ihr gleich die ganze Wahrheit zu erzählen.

„Warum hat meine Mutter von Paul so schlecht gesprochen?"

„Luise und Paul hatten kein gutes Verhältnis zueinander. Deine Mutter konnte sich auf seine Eigenheiten nicht einlassen. Sie genoss auch hier und da ein paar besondere Annehmlichkeiten, bekam etwas Süßes zugesteckt, durfte als kleines Mädchen öfter mit in den Park oder zum Einkaufen. Sie war sich dieser Privilegien bewusst und wollte ihre Rolle als Liebling deines Großvaters nicht gefährden. Daher mied sie sowohl mich als auch ihren Bruder."

„Und warum hat sie dich mir gegenüber nicht einmal erwähnt?"

„Ich nehme an, weil ich nicht wirklich ihre Schwester bin. Obwohl ich sofort nach meiner Geburt in die Familie kam und meine Herkunft niemals thematisiert wurde, bekam sie es mit etwa 10 Jahren heraus, weil sie ein Gespräch zwischen Eduard und Dora belauscht hatte. Ab diesem Zeitpunkt war ich Luft für sie."

„Aber wer sind dann deine Eltern?"

Ich zögerte kurz und sagte dann leise: „Antonias Vater war auch mein Vater, …liebe Hannah, das führt jetzt zu Zusammenhängen, die ich dir in Ruhe erklären muss. Jetzt bin ich so müde. Bitte, lass uns ein anderes Mal weiterreden."
„Aber…"
„Bitte, wir werden gleich morgen weitersprechen."
„Aber… bitte bleib hier, du kannst in meinem Bett schlafen, ich werde das Sofa bei Timmy im Zimmer nehmen. Wegen seiner Atmung muss ich sowieso ständig nach ihm sehen."
Zunächst wusste ich nicht, ob ich das Angebot annehmen sollte, blieb dann aber gerne. Es war bitterkalt draußen und schon sehr spät. Und ich wollte die Gesellschaft der beiden auch nicht gegen ein anonymes Pensionszimmer eintauschen.

30.11.96
Heute stürmt es wieder, die Wellen brechen an den Strand, wir werden wohl nicht zu unserem gewohnten Spaziergang aufbrechen können. Hannah hat sich nach dem Frühstück noch einmal hingelegt, so dass ich mir jetzt die Zeit nehme, um dir weiter zu schreiben. Kater legt sich bereits mit einem tiefen Seufzen, wie es nur ein geplagtes kleines Raubtier vermag, unter meinen Sessel. Mit meiner Schreiberei wird er sich wohl nicht mehr anfreunden.

Als ich damals am nächsten Morgen in Hannahs Bett wach wurde, musste ich mich erst ein paar Momente besinnen bis ich wusste, wo ich mich befand. Dann war ich aber schnell auf den Beinen. Ich hatte Hannah viel zugemutet, ihr vielleicht schon mehr berichtet als sie auf Anhieb verkraften konnte. Leise öffnete ich die Schlafzimmertür und schlich auf die Diele hinaus, die zur Küche führte. Ich wollte Timmy keinesfalls wecken, falls er noch schlief. Aber beide saßen bereits am kleinen Küchentisch und frühstückten. Timmy wedelte mit seinen Armen und freute sich, mich zu sehen. Ich strich ihm über die Haare und ein Hauch von Paul wurde lebendig. Hannah lächelte mir gequält entgegen, sie sah furchtbar aus.

„Hast du gut geschlafen?" fragte sie mich.

„Ja schon, aber du siehst nicht danach aus."

„Nein, ich musste über all diese Dinge nachdenken, ich kann es einfach nicht verstehen."

„Niemand kann das. Man kann nur dafür sorgen, dass diese Zeiten sich niemals wiederholen."

Hannah nickte. „Timmys Bus kommt gleich und bringt ihn zum Kindergarten."

Sie nahm den Kleinen auf den Arm und trug ihn zur Garderobe, wo sie ihn sorgsam anzog, denn es war sehr kalt draußen. „Er darf sich nicht erkälten, sonst kann er noch schlechter atmen." Sie kontrollierte das Notfallspray in seiner Jackentasche und steckte ein weiteres in seinen Kindergartenbeutel. Während sie ihn nach unten brachte, um ihn in den Bus zu setzen und seinen Betreuern zu überlassen, setzte ich mich zurück in die Küche.

„Weißt du, Katharina, ich empfinde das Verhalten der Leute oft als diskriminierend." Hannah war damals wieder zurück in die Wohnung gekommen, zog die dicke Jacke aus und setzte sich zu mir. „Wenn sie so starren,

mich fragen, ob ich *das* denn nicht vorher gewusst hätte, ein solches Kind müsse man doch heute nicht mehr bekommen, und all diese schrecklichen Aussagen. Aber das, was früher passiert ist, ist noch viel schlimmer."
„Ja, es war furchtbar. Ich habe mich erst viel später eingehend damit beschäftigt. Bis 1939 sind vermutlich 350.000 Menschen zwangssterilisiert worden, davon war etwa die Hälfte als schwachsinnig eingestuft worden und ein weiteres Viertel als schizophren. Die Hilfsschulen waren, wie auch bei Paul, zur Mitwirkung in Form entsprechender Meldungen verpflichtet."
Hannah schwieg und in mir war alles wieder präsent. Alles, was ich im Laufe der Jahre recherchiert hatte, brannte vor meinem inneren Auge.
„Von 1939 bis 1941 führten die Nationalsozialisten die Euthanasieaktion „T4" durch. Es wurden in dieser Zeit über 70.000 Behinderte ermordet. In den Konzentrationslagern kamen aber noch viel mehr Schizophrene und Geisteskranke um. Ihre Zahl lässt sich kaum schätzen."
Hannah sah mich traurig an. „Das ist alles noch gar nicht lange her."
„Ja, aber dieser Geist ist noch unter uns, diese Zeit hat ihre Spuren hinterlassen."

Ich halte mich lange bei diesen Details auf, weil sie mir so wichtig sind. Sie prägen mein Leben und das Aufarbeiten meiner Vergangenheit. Ich habe versucht, das Gefühl der Mitschuld zu tilgen, indem ich mich sachlich mit den Geschehnissen auseinandersetze. Trotz aller Fakten bleiben Fassungslosigkeit und eine bittere Erkenntnis. Die Erkenntnis, dass die Maßnahmen der Rassenhygiene in der Nazizeit in unserer heutigen

Rechtsprechung und im Umgang mit Behinderten und Schwachen in unserer Gesellschaft ihre Spuren hinterlassen haben. Mord an Schwerstbehinderten wird als minderschwerer Fall von Totschlag geahndet. Abtreibung von behinderten Kindern ist bis zum letzten Tag vor der Geburt erlaubt. Mich lässt das alles nicht los.

Kater überwindet sich nun doch und springt auf meinen Schoß. Obwohl das sehr nah an den ungeliebten Tasten ist. Nachdem er mit seinen Pfoten noch ein bisschen beleidigt hin und her getappt ist, rollt er sich auf meinem Bauch ein und beginnt nach einer Weile sogar zu schnurren.

Hannah ist nun auch wieder wach, ich werde mich mit ihr zusammen an den Kamin setzen, es ist sehr kalt – zu kalt für mich und meine alten Knochen.

01.12.96
Antonias Vater war also auch mein Vater. Das bedeutete, dass unser Großvater eigentlich mein Vater war und dass meine Mutter eigentlich meine Schwester war. Verwirrend, ich weiß.

Von diesen Verwicklungen war mir lange Zeit nichts bekannt bis eines Abends Luise zu mir kam und sagte: „Du bist nicht meine Schwester. Du gehörst nicht zu uns. Ich konnte dich sowieso noch nie leiden." Es war etwa ein Jahr nach Pauls Tod.

„Was redest du denn da?"

Sie hatte ein Gespräch zwischen Dora und Eduard belauscht. „Dora hat es gesagt. Frag sie doch." Ich wollte mich damit eigentlich nicht befassen und tat das zunächst

als eine der unliebsamen Launen Luises ab. Doch nagte diese Aussage an mir und als ich das nächste Mal mit Dora in der Küche Äpfel schälte, fragte ich sie: „Dora, ich bin doch Luises Schwester, oder?"
Sie schrie auf, weil sie sich in den Finger geschnitten hatte.
„Katharina, aber ja doch, wie kommst du denn darauf, dass es anders sein könnte?"
„Luise hat es gesagt. Sie hat es gehört. Von dir. Sagt sie."
„Von mir?"
„Ja, du hast es zu Vater gesagt. Sagt sie."
Dora schwieg. Sie spülte ihren blutenden Finger unter dem Wasserhahn und suchte anschließend ein Pflaster.
„Liebes, klebst du mir das bitte mal hierhin?"
Ich half ihr. „Dora, das stimmt doch nicht, oder?"
„Was stimmt nicht?"
„Dass ich nicht Luises Schwester bin."
„Doch, das stimmt!" Luise war in die Küche gekommen. „Du hast es zu Vater gesagt, Dora, gib es zu!"
Dora setzte sich auf einen Holzschemel, rang mit sich und sortierte ihre Worte.
„Ach, Kinder. Was sind das nur für schreckliche Zeiten. Kommt zu mir, setzt euch hierher. Es wird Zeit, es ist Zeit."
Ich hatte damals große Angst vor dem, was Dora wohl erzählen würde und saß stocksteif neben ihr. Ihre warme, von der Arbeit gezeichnete Hand ruhte auf meinem Knie.
„Katharina, deine Mutter war eine herzensgute Frau", begann sie und ich dachte, dass sie von Antonia sprach. Aber dem war nicht so.
„Sie hat hier in Ludovsmark als Dienstmädchen gearbeitet, war ein bildhübsches Ding und ein Engel

dazu. Das fiel auch deinem Vater auf, obwohl er seine besten Jahre schon hinter sich hatte."

Es konnte doch nicht sein. Begann Dora nun wirklich, mir zu erklären, dass ich andere Eltern hatte? Ich starrte sie an.

Dora brachte an diesem Nachmittag in der Küche mein kindliches Fundament ins Wanken. Ich war 11 Jahre alt und erfuhr, dass meine Großmutter Theresa, die gar nicht meine Großmutter war, niemals Kinder bekommen konnte. Sie lebte sehr zurückgezogen im obersten Stockwerk des großen Hauses auf Ludovsmark. Ihr Essen nahm sie alleine ein, heraus kam sie nur an Feiertagen. Aber für ihre Kinder und Enkel hatte sie immer ein großes und offenes Herz. Wir durften sie besuchen, wann immer wir wollten.

Dora erzählte weiter, dass Theresa mit ihrem Mann Franz vereinbart hatte, dass andere Frauen die Kinder gebären sollten, die sie niemals bekommen konnte.

„Deine Mutter hieß Elisabeth, Katharina. Sie war sehr viel jünger als Franz, aber sie liebte seine Großzügigkeit, sein reines Herz und seine Fürsorge. Und so wurdest du geboren."

Ich war in einem kleinen Dachstübchen des Hauses zur Welt gekommen, nachts, still und unbemerkt. Am nächsten Morgen hatten sie mich und meiner Mutter, die wegen eines Plazentaabrisses verblutet war, gefunden.

„Sie brachten dich zu deinem Vater, der dich von Anfang an über alles liebte. Er wollte, dass du mit anderen Kindern aufwächst und so bat er seine Tochter Antonia, die damals schon selbst Mutter von Paul und Luise war, dich in ihre Obhut zu nehmen."

Luise starrte mich an. Ich weinte.

„Dora", begann Luise, „wenn Theresa keine Kinder bekommen konnte… Wer ist dann meine Großmutter?"
Dora sah Luise liebevoll an und nickte. „Ich hatte auch mal einen Sohn, er starb schon nach zwei Jahren. Er war so ein Sonnenschein, aber er konnte so schlecht atmen, verschluckte sich immer und die Lungenentzündung verkraftete er nicht. Ja, ich hatte mal einen Sohn, er war so ein Engel, wie Paul." Jetzt weinte auch Dora.
„Dora, wer ist meine Großmutter?" frage Luise erneut.
„Ich hatte auch eine Tochter. Ich war immer in ihrer Nähe, aber sie erfuhr niemals, wie sehr ich sie liebte, denn sie bekam die Mutterliebe Theresas geschenkt und gab diese Liebe schließlich auch weiter – an dich, Paul und Katharina."
„Du? Du bist meine Großmutter?"
„Ja ich."

„Ich möchte bitte ihr Grab sehen." sagte ich nach einer Weile des Schweigens und meinte meine Mutter.

Diese Dinge musste ich damals auch Hannah erklären. Es war schwer für sie zu verstehen. Das, was am Ende für sie wichtig war, war die Tatsache, dass ihr Urgroßvater mein Vater war und wir miteinander verwandt sind. Es erklärte, warum ihre Mutter ihr gegenüber niemals von mir gesprochen hatte, denn Luise verabscheute mich ab dem Nachmittag in der Küche noch mehr. Was noch viel entscheidender war – und Hannah hatte das natürlich sofort herausgehört – war die direkte Verbindung von Timmy zu Paul und auch zu Doras kleinem Sohn, der nur zwei Jahre alt geworden war. Das war die Spur, die sie gesucht hatte.
Und ich war zu ihr gekommen, um sie ihr zu zeigen.

02.12.96
Es ist schon früher Nachmittag. Ich schreibe, während ein Lichtkegel aus Sonnenstrahlen, den die Winterwolken gnädig zu mir hindurch lassen, mein Plätzchen am Fenster erhellt. Kater liegt sich wohlig räkelnd vor mir auf dem kleinen Tisch, das Geklimper der Tasten stoisch ignorierend.

Ich war heute Morgen mit Hannah zu einem langen Strandspaziergang unterwegs gewesen, bei dem wir eine alte Gießkanne und einen löchrigen Ball fanden. Es ist wirklich bemerkenswert, was die See alles ausspuckt. Ich würde viel dafür geben, um zu erfahren, welch lange verschlungene Wege diese Gegenstände genommen haben. Wir sammelten beides auf und legten es zu Hause in den Schuppen zu den anderen Fundstücken.

Eigentlich hatte ich mir vorgenommen, mit Hannah heute endlich auf den Hügel hinter dem Haus zu gehen, der abwärts vom Dorf hinter dem Fluss ansteigt. Er wirkt nicht einladend und ist wegen der davor angrenzenden schnellen Furt nicht ohne weiteres zu erreichen. Daher hatte Hannah diesem Bereich der Küste noch nie Beachtung geschenkt. Ich muss das jetzt ändern, denn es bleibt nicht unbegrenzt Zeit. Zum einen klopft mein Kopfschmerz in immer kürzeren Abständen bei mir an, zum anderen erwähnte Hannah heute, dass sie nächste Woche wieder abreisen müsse.

Nachdem ich ihr damals die wahren Verwandtschaftsverhältnisse offenbart hatte, begann sie zu verstehen, warum sie bei ihrem ersten Besuch auf Ludovsmark einige Wochen zuvor nicht willkommen gewesen war. Sie berichtete mir, dass sie von Timmys Ärzten erfahren hatte, seine Krankheit sei vererbt worden und zwar immer über den weiblichen Part der Eltern. Luise war nicht mehr da, die arme Seele, und zu ihrem Vater hatte sie keinen Kontakt mehr. Also beschloss Hannah, den Weg in die Vergangenheit zu wagen, vor dem ihre Mutter sie immer gewarnt hatte. Sie wollte wissen, ob die Erbkrankheit schon vorher in der Familie weitergegeben und wie damit umgegangen worden war. Sie wollte die Menschen kennenlernen, mit denen sie ein gemeinsames Schicksal verband.

So stand sie eines Tages vor den Toren des Hauses in Ludovsmark, Timmy im Rollstuhl vor sich, und bediente den großen, schweren Messingring an der Tür. Sie musste das noch zwei Mal wiederholen bis sich endlich mit lautem Quietschen ein kleiner Spalt öffnete. Ein altes Gesicht, so alt wie sie es noch nie zuvor gesehen hatte, mit tiefen Furchen und kleinen trübblauen Augen kam zum Vorschein. Ob es ein Mann oder eine Frau war, konnte sie in diesem Moment nicht unterscheiden.

„Na und?" kam ihr ein Krächzen entgegen.

„Ehm, Entschuldigung, meine Name ist Hannah Kohlberg, ich bin die Tochter von Luise, das ist Timmy mein Sohn."

„Luise? Luise ist nicht da."

„Ja, ich weiß, ich möchte …"

„Schon lange nicht mehr da…"

„Bitte darf ich kurz hereinkommen? Es ist sehr kalt heute."

„Luise kommt nicht mehr wieder. Sie ist tot."

„Ja, ich weiß, sie war meine Mutter."

„Meine Mutter, meine Mutter, Mutter, ha! Ha!?" Das Krächzen war laut.

Hannah schwieg, wie sollte sie sich nur verhalten, wie erklären, warum sie hier war? Die alte Frau, als die

Hannah sie nun erkannte, hatte den Türrahmen losgelassen. Sie hielt sich die Ohren zu. „Mutter! Nicht! Kann es nicht hören!"

Timmy begann zu weinen, da ihm das Gekreische Angst machte.

„Bitte, darf ich wissen, wer Sie sind?" wagte Hannah sich noch einmal zu fragen.

„Wer fragt das?"

„Ich bin Hannah, Luises Tochter."

„Luise ist nicht da!"

Und die Tür knallte zu, mit einer Wucht, die Timmy und Hannah vor Schreck zusammenfahren ließ. Timmy weinte und ihm war kalt. Sie nahm ihn auf den Arm, um ihn zu trösten.

Dann schob sich die Tür erneut einen Spalt auf, ein alter, knöchriger Zeigefinger schoss auf Timmy zu. „Du! Lauf weg! Sie kommen dich morgen holen! Lauf weg! Weg! Weg!!"

Dabei piekste sie ihn in die Schulter, fester und nochmal fester. Hannah legte schützend den Arm um ihren kleinen Sohn und wich einen Schritt zurück.

"Sie werden kommen! Kommen! Dann bist du tot! Tot!!"

Das Krächzen schlug ihnen schrill entgegen. Dabei trat die alte Frau sogar einen Schritt vor die Tür und fuchtelte wild mit ihren Armen herum, so dass Hannah mit Timmy, der fürchterlich schrie, schließlich fluchtartig den Rückzug antrat. Schnell drehte sie den Rollstuhl herum, setzte Timmy wieder hinein und lief so schnell es ging den Weg zur Straße zurück. Timmy schluchzte und Hannah liefen auch die Tränen hinab. Es hatte keinen Zweck. Sie musste den Besuch als gescheitert verbuchen.

Nach ein paar Minuten kam ihnen eine andere Frau entgegen, die sie mit großen Augen ansah. „Junge Frau, was ist geschehen, kann ich Ihnen helfen?" Dabei starrte sie Timmy an.

„Nein, danke." Sie wollte weiterlaufen. Aber die Frau hielt Hannah sanft am Arm fest. „Haben Sie sich verlaufen? Hierher kommt sonst niemand." Sie sah die ganze Zeit Timmy an.

„Nein, ich finde den Weg zurück."
Hannah entwand sich Doras Griff und stolperte zielstrebig auf die Weggabelung zu, die sie zurück zum Bahnhof führen würde.

Dora, die inzwischen fast 90 Jahre alt war, rief mich einige Tage später an und berichtete von der jungen Frau und dem kleinen Jungen, der aussah wie der auferstandene Paul – und von Theresa, die den ganzen Tag durchs Haus lief und schrie, dass Luise nicht da sei und dass Paul abgeholt wird.

Für mich war sofort klar, dass ich Hannah finden und mit ihr sprechen musste.

In ihrer kleinen Küche erklärte ich ihr, dass sie an der Tür Theresa gegenüber gestanden hatte, die nun schon fast 100 Jahre alt war, nur noch in der Vergangenheit lebte und den Weggang aller Hausbewohner betrauerte. Sie hatte es nie verwunden, keine eigenen Kinder gehabt zu haben. Die andere alte Dame offenbarte ich ihr als ihre Urgroßmutter Dora.

03.12.96
Für heute hatte ich mir fest vorgenommen, mit Hannah zum Hügel zu gehen und sie in mein Geheimnis einzuweihen, bevor ich es nicht mehr kann. Es wäre unverantwortlich von mir, zu gehen, ohne aufzuklären, was es mit den Gräbern auf sich hat und Fragen zu hinterlassen, die nicht mehr beantwortet werden können. Denn außer mir wusste nur Dora noch davon und die gute alte Dora weilt schon lange nicht mehr unter uns.

Nachdem ich Hannah damals die verwandtschaftlichen Verhältnisse erklärt hatte, wollte sie unbedingt noch einmal nach Ludovsmark reisen und vor allem Dora kennenlernen, mit der sie direkt verwandt war. Da mein Kontakt zu ihr nie abgerissen war, hätte ich das sofort arrangieren können, aber ich wollte nicht, dass Hannah und Timmy von Theresa wieder erschreckt werden. Daher zögerte ich diesen Besuch hinaus und versuchte zunächst, noch mehr über Hannahs Leben zu erfahren.
Nach der ersten Nacht wollte ich wieder in mein Pensionszimmer ziehen, aber Hannah bat mich inständig, bei ihr und Timmy zu bleiben. Sie war so glücklich, jemanden aus ihrer Familie aufgespürt zu haben, dass sie mich nicht mehr gehen lassen wollte. Ich willigte ein und begann, mich ein wenig nützlich zu machen, erledigte Einkäufe und übernahm im Wechsel die Nachtschichten bei Timmy. So konnte auch Hannah mal wieder durchschlafen.
Nach ein paar Tagen fragte ich sie nach Luise. Timmy war im Kindergarten, wir saßen bei einer Tasse Tee zusammen.

„Hannah, wann ist Luise eigentlich verschwunden? Ich habe nur irgendwann über Dora von ihrem Tod erfahren."

Hannah versteifte sich, sah kurz auf, dann gleich wieder weg und meinte: „Sie hat mich im Stich gelassen. Ich will nicht über sie sprechen."

Ich ignorierte ihren Einwand. „Stimmt es, dass sie nach Brasilien gegangen ist?"

„Ja, wahrscheinlich. Von der dortigen Botschaft wurde mir ihr Tod mitgeteilt."

„Was wollte sie denn dort?"

„Das weiß ich nicht."

„War sie allein?"

„Ja, ich wüsste nicht, wen sie mitgenommen haben sollte. Papa hatte sie ja schon vorher vergrault."

„Hast du noch Kontakt zu ihm?"

„Nein, ich weiß nicht, wo er lebt. Bitte, Katharina, das ist doch alles egal."

Ich wollte noch nicht aufgeben. „Hannah, sie war wie meine Schwester. Auch wenn wir nie gut miteinander ausgekommen sind, möchte ich gern wissen, wie ihr Leben endete. Kannst du das ein wenig verstehen?"

Hannah schlürfte ihren Tee. „Ja, schon. Irgendwie."

Wir schwiegen eine Weile, dann schaute sie mit tränenverschwommenen Augen zu mir auf. „Sie hat mich kurz nach Timmys Geburt besucht, hier zu Hause. Sie kam mit einem großen Blumenstrauß, einem Strampelanzug und einem Entchen für die Babywanne."

Sie zögerte und ich nickte ihr ermutigend zu.

„Dann sah sie in die Wiege zu Timmy und erstarrte. Sie stand mit weit aufgerissenen Augen da und ließ den Blumenstrauß fallen. Dann fing sie an zu schreien, dass das nicht sein könne, dass es doch schon zu Ende sei und

dass es nicht wiederkommen dürfe. Sie rief, dass sie keine Schuld habe und dass sie das nicht noch einmal könne." Ich hörte bestürzt zu und nahm Hannahs zitternde Hand.
„Oh, mein Liebes, es tut mir so leid."
Aber Hannah erzählte nun weiter, wie Luise wie von Sinnen gewesen war, wie sie herumstammelte, Hannah müsse ihr Baby verstecken, dass sie ihr dabei aber nicht helfen könne, sondern dass ihr plötzlich klar geworden sei, dass sie weit weggehen müsse. Das alles könne sie nicht noch einmal durchmachen. Hannah berichtete mir, dass sie kein Wort von dem verstand, was ihre Mutter rief und stammelte. Sie schien plötzlich ein anderer Mensch zu sein und aus irgendeinem Grund schreckliche Angst zu haben. Und all das schien von ihrem kleinen, unschuldigen Baby ausgelöst worden zu sein.
„Katharina, ich wusste damals noch nichts von Timmys Krankheit. Für mich war er ein ganz normales, süßes Baby. Meinst du ... meinst du, Mama hat es schon damals gleich gesehen? Ist sie deshalb so ausgerastet?"
„Ja, ich denke, Luise hat die Ähnlichkeit zu Paul erkannt, so dass sein grausamer Tod wieder präsent wurde. Sie muss sich daran erinnert gefühlt haben. Und offenbar hatte deine Mutter mit diesem schrecklichen Teil unseres Lebens doch viel größere Probleme als ich dachte." Für mich war Luise immer die kühle Schwester gewesen, die keinerlei Gefühle gezeigt hatte. Der Ausbruch, den Hannah schilderte, passte überhaupt nicht in das Bild, das ich von ihr hatte. Aber auch ich fühlte mich sofort an Paul erinnert, wenn ich Timmy ansah und auch Dora und Theresa war es so ergangen, daher musste es auch bei Luise so gewesen sein.
„Und dann hast du nie wieder etwas von ihr gehört?"

„Nein, sie verließ fluchtartig das Haus und dann bekam ich ein Jahr später die Todesanzeige zugeschickt. Für mich war das alles nicht zu begreifen."
Wir lagen uns weinend in den Armen, diese junge, starke Frau hatte schon so viel durchgemacht und war das Opfer einer unverschuldeten Vergangenheit geworden. Ich wollte sie nie mehr loslassen, sie unterstützen, wo es ging und ihr helfen, den Kontakt zu Dora, ihrer Urgroßmutter, herzustellen. Es war mir nicht nur eine Herzensangelegenheit, sondern ich war es ihr auch irgendwie schuldig.

Ich muss unbedingt mit ihr zu den Gräbern und ich hoffe, dass sie mich verstehen wird.

04.12.96
Heute habe ich es endlich gewagt.
Hannah ist jetzt noch einmal aufgebrochen. Sie sagte, sie wolle ins Dorf und ein paar Einkäufe erledigen. Ich glaube allerdings, dass sie eine Weile allein sein möchte und wer kann es ihr verdenken? Ich habe ihr viel zugemutet.
Heute Morgen hatten wir, wie immer in den Tagen seit sie hier bei mir eingetroffen ist, mit Toast, Butter und selbstgemachter Marmelade beim Frühstück gesessen. Der Kaffee duftete und Kater räkelte sich wohlig neben mir auf seinem Lieblingssessel. Diese Stunden sind ihm die liebsten, wenn das Haus erwacht und es wärmer und gemütlicher wird. Draußen hatte sich der Nebel schon nahezu vollständig verzogen, ein klarer Tag kündigte sich

an. Zwischen einem Schluck Kaffee und dem nächsten Bissen Marmeladentoast, hörte ich mich sagen:
„Hannah, ich möchte dir heute etwas zeigen. Wir sollten das gleich nach dem Frühstück erledigen."
„Ja, ok, was ist es denn?" fragte sie fröhlich zurück.
„Du wirst es dann sehen."
„Oh, so geheimnisvoll, Katharina?" Sie blinzelte mich amüsiert an.
„Hm." Mir war nicht nach Scherzen.
„Katharina, was ist denn los, doch nichts Ernstes?" Sie hatte ihre schmalen Augenbrauen hochgezogen.
„Hm." Ich schob meinen Stuhl zurück und beendete mein Frühstück. Ich hatte es tatsächlich gewagt und nun gab es kein Zurück. Ich wollte es so schnell wie möglich hinter mich bringen. Kater sprang unwillig auf, da er sicher damit gerechnet hatte, dass die kuschelige Atmosphäre noch etwas länger andauern würde. Er trollte sich unter meinen Stuhl am Fenster und schmollte.
„Katharina, was ist denn los? Wir sind doch noch gar nicht fertig mit frühstücken." Hannah sah beunruhigt zu mir hoch.
„Es kann nicht mehr warten, bitte komm mit. Ich will es dir nun endlich zeigen."
Hannah biss noch einmal von ihrem Toast ab, bevor sie auch aufstand und mir in die Diele folgte.
„Na gut, dann los." Sie sah, wie ich meine Schuhe und die dicke Jacke anzog.
„Ach so, wir müssen raus? Oh, Katharina, und das ohne komplettes Frühstück im Magen. Was ist nur so wichtig, dass wir da jetzt raus müssen?" Aber sie hatte schon erkannt, dass ich keine Widerrede duldete und zog sich ihre warme Jacke an.

Wir verließen das Haus und wandten uns Richtung Strand. Dann schlug ich den Weg zur Furt ein, hinter der der Hügel ansteigt.

„Wo willst du denn hin?" fragte sie mich beunruhigt.

„Wir gehen zum Hügel."

„Aha?"

Wir stapften eine Weile nebeneinander her. Dann waren wir an der Stelle angekommen, an der die großen Steine nur flach von Wasser bedeckt sind und man den Fluss nahezu sicher überqueren kann. Ich war schon oft hier gewesen und hatte keine Mühe, meine Schritte sicher zu setzen.

„Katharina, was machst du denn da? Das ist gefährlich!"

„Nein, nein, Hannah, es ist kein Problem, komm mir einfach nach, nimm die Tritte, die auch ich nehme, dann werden wir gleich auf der anderen Seite sein."

Hannah sah mich ungläubig an, folgte mir aber. Sie hatte inzwischen erkannt, dass es mir ernst war.

„Gut." Wir waren auf der anderen Seite angekommen. „Wir werden nun noch ein Stückchen bergauf laufen, dann sind wir gleich da." Ich setzte mich schon wieder in Bewegung.

Außer mit Dora war ich hier noch nie mit einem anderen Menschen gewesen. Es fühlte sich sehr ungewohnt, aber nicht falsch an. Ich musste es nun endlich tun.

Hannah hatte aufgehört, Fragen zu stellen, sie folgte mir neugierig. Und ich hatte es wieder vor Augen als wäre es gestern gewesen.

Damals hatten wir nach einem beschwerlichen Aufstieg endlich die Kuppe erreicht, von der aus man über die Küste blicken kann. Ich hatte der weiten Aussicht nur kurz Beachtung geschenkt, wandte mich dann suchend

um und entdeckte eine kleine Baumgruppe, die auf der anderen Seite des Hügels ein Stück abwärts lag. Unterhalb dieser Seite des Hügels erstreckte sich eine weite Moorlandschaft, unbegehbar, wild und einsam. Diese Stelle des Hügels war perfekt.
Dora und ich waren uns damals sofort einig gewesen und hatten einander zugenickt. Wir entledigten uns unserer schweren Last und ließen das Bündel, das wir gemeinsam über die Furt und auf den Hügel geschleppt hatten, fallen. Die folgenden zwei Stunden waren wir damit beschäftigt, ein Loch zu graben, ein tiefes Loch, in dem die schreckliche Vergangenheit verschwinden sollte. Einträchtig und ohne Worte hatten wir gemeinsam an unserem Vorhaben gearbeitet.
Es dauerte länger als wir gedacht hatten. Daher beeilten wir uns schließlich, die Leiche endlich verschwinden zu lassen.

Heute wand ich mich wieder der Baumgruppe zu, die inzwischen etwas höher gewachsen ist, aber unverrückt über einem Mahnmal wacht. Ich nahm Hannah an der Hand und ging mit ihr die letzten Schritte bis zum Grab. Wenn man es nicht weiß, ist es als solches nicht zu erkennen. Wir blieben vor dem mit Steinen bedeckten Fleckchen Erde stehen und Hannah sah mich fragend an.
„Hannah, das ist das Grab deines Großvaters."
„Ehm, Eduards Grab?"
„Ja."
„Aber, warum…"
„Ich habe ihn getötet – gemeinsam mit Dora. Wir waren der Meinung, dass er sein Recht auf Leben verwirkt hatte."

Hannah starrte zuerst mich an, dann das Grab und dann wieder sehr lange mich.

„Außerdem hielten wir seinen Anblick nicht mehr aus. Wir mussten ihn verschwinden lassen, damit die Erinnerung endlich aufhörte", ergänzte ich. „Nun liegt er schon so lange hier, aber die Erinnerung ist immer noch da."

Sie starrte mich immer noch an. Sagte aber nichts. Und ich ließ es zunächst dabei, wollte ihr überlassen, was sie mich noch dazu fragen wollte, denn sicher musste sie den Schock erst einmal verarbeiten.

Irgendwann gingen wir schweigend zurück zum Haus.

Eduard war nie gefunden worden, es hieß zwar, dass er einem Verbrechen zum Opfer gefallen war, aber niemand dachte dabei an Dora und mich.
Sollte Eduard jemals gefunden werden, ist es wichtig, dass man weiß, *warum* er hier liegt. Ich will keinen Raum für falsche Spekulationen zurücklassen. Hannah hat die Wahrheit nun erfahren und ich hoffe, dass sie damit umgehen kann.
Wenn sie von ihren Einkäufen zurück ist, werden wir noch einmal über alles sprechen müssen.

05.12.96
Hannah war gestern den ganzen Tag unterwegs, sodass ich schon unruhig wurde. Immer wieder schaute ich durch das Küchenfenster, von dem aus man den Weg, der zum Haus führt, gut einsehen kann. Lange Zeit rührte sich nichts. Erst am Abend kam sie endlich wieder.

Ich war sehr erleichtert als ich sie auf dem Weg zum Haus erkannte, denn es hätte durchaus sein können, dass sie sich nach dem gestrigen Tag von mir abwendet. Sie hatte zwei große Einkaufstüten dabei, die sie rechts und links trug, die Mütze hatte sie sich tief über die Ohren gezogen, der Kragen ihres Mantels war hochgeschlagen. Es war schon spät und zu dieser Jahreszeit pfeift an der Küste ein eisiger Wind. Nicht nur deshalb erwartete ich sie an der Tür, um sie schnell hereinlassen zu können.
„Danke, Katharina, es ist eisig draußen."
Ich kann nicht sagen, was ich erwartet hatte, aber ich war in dem Moment einfach nur froh, dass sie mit mir sprach.
„Ja, komm schnell 'rein, es ist auch noch warmer Tee da."
Hannah schlüpfte aus ihren feuchten Sachen, brachte die Einkaufstüten in die Küche und stellte sich dann Hände reibend vor den kleinen Holzofen. Kater kam sofort angeschnurrt und strich um ihre Beine. Trotz seiner gelegentlichen Eifersucht freute auch er sich, dass sie wieder da war.
„Was hast du denn eingekauft?" versuchte ich ein unbefangenes Gespräch anzufangen. „Gemüse und frischen Fisch. Außerdem noch einige Konserven und Lebensmittel, die deine Vorräte auffüllen. Dann musst du, wenn ich weg bin, nicht sofort wieder selbst losgehen."
„Das ist lieb von dir. Wann wirst du denn fahren?"
„Ich weiß es noch nicht genau, aber ich werde jetzt etwas kochen und dann möchte ich, dass du mir noch einige Fragen beantwortest. Ich habe viel nachgedacht und muss noch Antworten haben, um sicher zu gehen, dass ich dich richtig verstanden habe."
„Ja, natürlich." Es war klar, dass sie meine knappe Schilderung von den damaligen Geschehnissen nicht

ohne weiteres hinnehmen konnte. Aber sie war zurückgekommen und wollte mit mir sprechen. Das war es, was für mich zählte.

Nachdem Dora mir damals in der Küche erzählt hatte, dass meine Mutter Elisabeth bei meiner Geburt gestorben war, und ich ihr Grab sehen wollte, erklärte sie mir, dass wir dafür eine kleine Reise unternehmen müssten. Der Leichnam meiner Mutter war auf ihren elterlichen Hof gebracht worden, etwa eine halbe Tagesreise entfernt. Und es war nicht so einfach, von Eduard die Erlaubnis zu erhalten, dorthin zu fahren. Er nahm zunächst erstaunt zur Kenntnis, dass ich die Wahrheit über meine Herkunft erfahren hatte, machte sich aber keine weiteren Gedanken und Sorgen, da er mich in der sicheren Obhut Doras wusste. Er war wohl auch zu sehr mit den Anforderungen der Partei beschäftigt, als sich mit dem Seelenleben eines kleinen Mädchens auseinanderzusetzen. Nach ein paar Wochen, in denen Dora ihn immer wieder gefragt hatte, erlaubte er schließlich, dass wir morgens früh aufbrachen, machte aber zur Bedingung, dass wir abends wieder zuhause sein müssten.

So kam ich das erste Mal hierher in das kleine Haus am Meer, das Elternhaus meiner Mutter, die ich nie gekannt hatte. Damals trafen Dora und ich niemanden mehr an. Ich erfuhr von ihr, dass meine Großeltern sehr arme Leute gewesen waren. Ihre Tochter Elisabeth war daher schon in jungen Jahren in die Familie auf Ludovsmark gekommen, um selbst für ihren Unterhalt zu sorgen. Wegen der beschwerlichen Reise war der Kontakt zu den Eltern ab diesem Zeitpunkt nur noch selten möglich.

Ich stand mit Dora vor den Gräbern meiner Großeltern und Elisabeths, die etwas unterhalb des Hauses auf einem Rasenstück angelegt worden waren. Inzwischen glichen sie verwilderten Hügeln, weil sie von niemandem gepflegt wurden. Wir betraten damals auch das Haus. Eine dicke Staubschicht auf den Möbeln, Mäusekot und klirrende Kälte verrieten, dass es schon viele Jahre verlassen stand. Ich war damals 11 Jahre alt und hatte das Gefühl, dass mir in diesem Moment etwas zurückgegeben wurde, von dem ich bis vor Kurzem gar nicht gewusst hatte, dass es mir fehlte: eine eigene Familie, ein Ort, an dem ich ihr vielleicht näher kommen könnte. Es war damals nicht möglich für mich, sofort hier zu bleiben. Es waren Kriegszeiten und außerdem war ich noch zu jung und nicht in der Lage, mich selbst zu versorgen. Aber ich wusste genau, dass dies der Ort sein sollte, an dem ich leben würde, sobald ich alt genug war.

In diese Erinnerung versunken schrieb ich, während Hannah den Fisch in der Küche zubereitete, Gemüse schnippelte und alles mit einer leckeren Soße übergossen in den Backofen schob. Dann kam sie vor einigen Stunden mit einer Tasse Glühwein zu mir ans Fenster, wo ich in meinem Lehnsessel saß und gegen meine Kopfschmerzen ankämpfte. Kater räkelte sich wohlig auf meinem Schoß, froh dass ich in diesem Moment nicht auf der Schreibmaschine klimperte.
„Das duftet ja schon köstlich, Hannah."
„Es dauert noch eine halbe Stunde bis es fertig ist."
„Sieh mal, es schneit. Ich liebe es, wenn der Schnee ins Meer rieselt und dort mit dem Wasser verschmilzt."

„Ja, das ist ein schönes Bild." Ihr Blick schweifte über das Wasser und glitt dann zum Hügel, den wir heute Morgen gemeinsam bestiegen hatten.

„Katharina, ist Eduard gestorben oder habt ihr ihn wirklich getötet?"

Ich atmete tief durch und ließ meine Augen auf dem Wasser verweilen.

„Dora und ich haben ihn getötet, Hannah. Es war bisher ein einsames Geheimnis, nur von ihr bis zu ihrem Tod und mir gehütet. Nun weißt du es auch. Und du sollst auch wissen, dass ich darauf nicht stolz bin, aber ich bereue es auch nicht."

Sie sah mich groß an. „Nicht?"

„Nein. Wahrscheinlich ist das die größere Schuld – dass ich es bis jetzt nicht geschafft habe, ihm zu verzeihen und meine eigene Tat zu bereuen."

Wir schwiegen eine Weile und dann fragte sie: „Wie…also, ich meine, wie…"

„Du meinst, wie wir ihn getötet haben?" Mir war klar, dass sie diese Frage stellen würde. Es gab so viele verschiedene Arten jemanden umzubringen.

„Ja,… " setzte sie wieder an und ich ersparte ihr erneut, den Satz zu Ende zu sprechen.

„Dora und ich wussten, dass Eduard Gift aufbewahrte. Dora hatte Jahre zuvor ein Gespräch zwischen Eduard und einem Wehrmachtsoffizier mitbekommen. Dieser saß damals in Eduards Büro und sprach mit ihm über die Möglichkeit, dass der Krieg verloren gehen könne. Laut dürfe man das nicht aussprechen, aber wenn man es nüchtern betrachte, sei es nicht auszuschließen. Dora stand damals mit angehaltenem Atem an der angelehnten Tür, balancierte das Teetablett, das sie eigentlich hineinbringen wollte, und hörte, wie die beiden Männer

darüber sinnierten, dass es im Falle der Niederlage besser sei, diese nicht zu überleben anstatt den Amerikanern oder Russen in die Hände zu fallen. Für diesen Fall hatte der Offizier Eduard etwas mitgebracht, was den persönlichen Abgang – so nannte er es – beschleunigen würde. Doras Hände zitterten, die Teetassen klapperten und so hatte sie das Betreten des Büros nicht länger hinauszögern können. Sie schob die Tür auf, lächelte die beiden an und brachte den Tee hinein. Dabei sah sie, wie der Offizier ein kleines Päckchen, das in Geschenkpapier eingewickelt war, an Eduard übergab. Gleichzeitig stand er auf und sagte: „Vergessen Sie nicht, ihrer Frau Gemahlin mit den besten Grüßen diese exquisite Seife zu übergeben." Und mit einem schnellen Blick Richtung Dora: „Danke für ihre Bemühungen, aber ich habe leider keine Zeit mehr für Tee. Die Pflicht fürs Vaterland ruft."
Dann verschwand er, natürlich nicht ohne Hitlergruß, zur Tür hinaus, an der Dora kurz zuvor gelauscht hatte.
Sie erzählte mir, wie Eduard das Päckchen schnell in seinem Schreibtisch verstaute und etwas vor sich hinmurmelte wie „... werde ich ihr später geben... wenn es ihr besser geht... danke für den Tee... keine weiteren Wünsche."

Hannah hatte mir aufmerksam zugehört, sagte aber nichts. Daher fuhr ich fort, ihr über die damaligen Ereignisse zu berichten.
Als der Krieg dann tatsächlich verloren gegangen war, hatte Eduard wohl nicht den Mut, seinen „sicheren Abgang" durchzuziehen. Vielmehr verwendete er seine ganze Energie darauf, seine Zusammenarbeit mit der NSDAP im Nachhinein zu vertuschen. Offenbar gelang ihm das erfolgreich, da er nach einigen Verhören, zu

denen er abgeholt worden war, jedes Mal wieder unbehelligt nach Hause zurückkehren durfte. Nach und nach ging man im Haus zur Tagesordnung über, so als ob es Pauls Abholung, seine Ermordung, den Krieg und Antonias Tod nicht gegeben hätte. Eduard verdrängte das alles und verlangte das ebenso von uns. Wir durften weder über Paul noch über Antonia sprechen. Dieses Schweigen-müssen war unerträglich. Die einzige, mit der ich offen reden konnte, war Dora. Das schweißte uns noch mehr zusammen.

Pauls Tod jährte sich zum zehnten Mal als ich 20 Jahre alt war. In Dora und mir war im Laufe der Jahre die Überzeugung gereift, dass *wir* der Gerechtigkeit nachhelfen mussten, da es die Siegermächte nicht getan hatten.
Dora erzählte mir damals von dem Seifengeschenk und meinte, dass das vielleicht eine Möglichkeit sei, sie aber nicht wisse, ob sich diese immer noch im Schreibtisch befänden. So schlich ich mich eines nachts als alle schon schliefen in Eduards Büro und sah nach. Der Schreibtisch war unverschlossen und so konnte ich in Ruhe die Schubladen öffnen und nach einem Päckchen, das in schönes Geschenkpapier eingewickelt war, suchen. Und ich fand es hinter einer Schachtel mit Briefumschlägen. Eigentlich unvorstellbar, dass Eduard nicht vorsichtiger war. So viel Sorgfalt hatte er darauf verwendet, alles, was mit seiner Parteizugehörigkeit zusammenhing, zu vertuschen – aber dieses kleine Präsent seines Wehrmachtfreundes hatte er vergessen. Ich nahm das Päckchen an mich, verschloss den Schreibtisch wieder und schlich zurück in mein Zimmer. Noch bevor ich das Päckchen Dora zeigte, öffnete ich es

alleine und fand unter einem Stück Seife ein kleines Tütchen mit einer kleinen Kapsel. Heute weiß ich, dass es Zyankali war, damals vermuteten Dora und ich es nur.

Ich möchte mich, was den Rest betrifft, kürzer fassen. Meine Kopfschmerzen sind auch wieder so stark, dass die Zeilen vor mir flimmern.
Dora konnte Eduard eines Tages davon überzeugen, dass er sie und mich zu einer Kunstauktion begleitete. Dora hatte Sandwiches vorbereitet und garnierte Eduards Portion mit der Zyankalikapsel. Auf einem kleinen Parkplatz, auf dem wir pausierten, verspeiste er sein Brot und erlag kurze Zeit später seinen Krämpfen und Erstickungsanfällen. Die Details möchte ich lieber nicht aufschreiben, es war schrecklich anzusehen…
Dora und ich fuhren dann, wie zuvor geplant, hierher auf den Hof und erledigten den Rest dort drüben auf dem Hügel. Da niemand von unserem Ausflug zur Auktion wusste und wir dort auch nie angekommen waren, behaupteten Dora und ich anschließend, dass wir keine Ahnung hätten, wo Eduard sich aufhielt. Nach einigen Monaten ging man davon aus, dass er einem Verbrechen zum Opfer gefallen war – und das war er schließlich auch.

Nachdem ich Hannah vorhin das alles erzählt hatte, schwieg sie wieder lange, trank aus ihrem Becher und fragte mich: „Wie ging es dir all die Jahre damit, Katharina?"
„Womit? Damit, dass ich ihn getötet habe?" Sie nickte.
„Wie ich dir vorhin schon sagte, ich bereue es nicht, aber ich bin auch nicht stolz darauf. Mit der Zeit wurde mir bewusst, dass mir die Tat Paul nicht zurückgebracht hatte. Nicht, dass ich das vorher geglaubt hatte – aber es

wurde noch klarer und deutlicher als zuvor, dass nichts ihn wiederbringen würde und dass eine neue Schuld meine alte Schuld nicht auslöschen würde."
„Welche alte Schuld denn, Katharina?"
„Ich hatte Paul damals im Stich gelassen – damals im Hausflur, als er abgeholt wurde."
„Aber…"
„Nein, lass gut sein, Hannah. Ich weiß, was du sagen willst. Es wird nichts daran ändern, dass ich ihm hätte helfen müssen. Ich hätte es zumindest versuchen müssen."
„Aber…"
„Nein, es ist gut. Bitte nicht, Hannah."
Wir schwiegen eine Weile, nur das Schnurren von Kater war zu hören.
„Siehst du mich jetzt mit anderen Augen?" fragte ich sie dann.
„Du bist so eine einfühlsame Frau, Katharina. Ich hätte niemals gedacht, dass du jemanden töten kannst." Sie schüttelte mit dem Kopf, lächelte mich aber vorsichtig und etwas unsicher an.
„Ich habe dir deinen Großvater genommen, Hannah. Vielleicht hätte er noch gelebt, als wir beide und Timmy uns damals kennenlernten. Und dann hättest du die Chance gehabt, noch jemandem aus deiner Familie zu begegnen."
Sie dachte kurz nach und stieß dann hervor: „Nein, Katharina. Das hätte ich nicht auch noch ertragen! Er wäre wie Konrad gewesen. Und weißt du, wenn ich es mir so recht überlege, dann habe ich mir bei Konrad schon oft gedacht, dass es besser wäre, wenn es ihn gar nicht gäbe."
„Wer ist denn Konrad?" fragte ich sie erstaunt.

„Mein Schwiegervater. Er sagte immer, ein Kind wie Timmy müsse man heutzutage nicht mehr haben, diese Zeiten seien vorbei." Sie bebte, zitterte und begann zu stottern. „Martin sagte nie etwas dazu. Er meinte, dass sein Vater das nicht so meinen würde. Aber ich hatte nur noch den Gedanken, Timmy vor diesem Menschen schützen zu müssen. Daran zerbrach schließlich auch unsere Ehe."
„Hannah..."
„Nein, ich will das jetzt sagen. Konrad verbreitete immer subtil faschistisches Gedankengut, er verabscheute Timmy und machte daraus kein Geheimnis."
Hannah konnte sich nicht mehr beherrschen, sie weinte und zitterte. Ich nahm sie in den Arm und setzte mich mit ihr auf das kleine Sofa neben dem Ofen. Dort verweilten wir stumm bis ich den Backofen ausstellte und wir eine ganze Weile später den köstlichen Auflauf aßen. Gesprochen hatten wir für heute genug.
Es war Zeit zu schweigen.

06.12.96
Hannah war gestern schon früh auf, ich hatte sie in der Küche mit dem Wassertopf klappern hören, zog meinen Morgenmantel über und gesellte mich zu ihr. Sie sagte, dass sie sehr unruhig geschlafen habe, Erinnerungen plagten sie die ganze Nacht. So aufgewühlt war sie froh, als das erste Tageslicht über die alten Holzdielen strich.
„Hannah, möchtest du nochmal darüber sprechen?"
Sie begann wieder zu zittern, so hatte ich sie nur in der Zeit nach Timmys Tod erlebt.

„Als Timmy gestorben war, sagte Konrad bei der Beerdigung, dass es für alle besser so sei und dass so einer wie Timmy einfach nicht in die Familie passte." Sie weinte ihren ganzen Schmerz heraus. Ihr Schwiegervater hatte Timmy einen Defektmenschen und eine Ballastexistenz genannt. Das war Gedankengut und Vokabular der Nazis. Ich war erschüttert, dass Hannah viele Jahre nach dem Krieg damit konfrontiert worden war. Und mir wurde bewusst, dass ich mich getäuscht hatte – es war eben noch nicht genug Zeit verstrichen und es würde nicht einfach so vergehen, wenn man nicht wachsam blieb.

„Weißt du, was das Schlimmste ist, Katharina? Dieses Aussortieren findet in unserer Gesellschaft noch immer statt."
„Hm…was meinst du, Hannah?"
„Es ist zwar nicht mehr erlaubt, ein Kind wegen seiner Behinderung abzutreiben. Aber stattdessen kann sich die Mutter auf ihre eigene seelische Gesundheit berufen und dann treiben die meisten doch ab. Es kommt doch dasselbe dabei heraus, es wird nur anders argumentiert. Mich macht das so krank!"
„Hannah, du darfst das nicht so nah an dich heran lassen."
„Aber wie soll das gehen? Von mir wird Toleranz erwartet, wenn sich eine Frau für den Abbruch eines behinderten Kindes entscheidet. Ich kann das aber nicht. Das heißt doch, dass ich es in Ordnung finde, dass ein Kind wie Timmy aussortiert werden darf. Das kann ich doch nicht in Ordnung finden. Das geht nicht."
„Nein, das kann auch niemand von dir erwarten, Hannah." sagte ich leise.

„Aber es wird erwartet. Von den meisten. Ich schaffe es einfach nicht. Und es zermürbt so sehr."
„Hannah, das musst du auch nicht." Ich nahm sie in den Arm. –

Als ich Hannah und Timmy damals das erste Mal begegnete, war er vier Jahre alt. Ich durfte noch drei Jahre Teil seines Lebens sein und er bereicherte meines in einer Art und Weise, die ich nur schwer beschreiben kann und mir zuvor nicht hatte vorstellen können. Einerseits erinnerte er mich so sehr an Paul, auch wenn dessen gesundheitliche Probleme damals lange nicht so gravierend gewesen waren wie Timmys. Andererseits war er für sich gesehen ein so wunderbarer Junge, so fröhlich, tapfer und voller Talente. Mit sieben Jahren war seine Stoffwechselkrankheit so weit fortgeschritten, dass er starb. Er hinterließ einen unermesslichen Reichtum in mir, aber auch eine riesengroße Lücke.

Ich hatte nicht gewusst, wie sehr Hannah unter der Gesellschaft litt. Den Hass, die Vernichtung und das Unwesen hatte ich immer nur in der Vergangenheit gesehen und dabei vor allem Paul vor Augen. Mir war bis zu diesem Gespräch mit Hannah nicht wirklich bewusst, dass das Aussortieren heute subtiler, in moderner Sprache, medizinisch sauber und kontrolliert vollzogen wird.

Da dieser Teil der Gegenwart enorm viel mit Paul und dem Verbrechen, das an ihm verübt worden war, zu tun hat, schreibe ich so viel darüber. Ich habe das Gefühl, dass ich jetzt für Paul *und* Timmy schreibe. Es ist nicht mehr nur meine Stimme, die diese Zeilen füllt, es ist auch ihre.

12.12.96
Hannah und ich verbrachten noch einen weiteren Tag miteinander. Sie wandte sich nicht von mir ab, sondern brachte ihr stillschweigendes Verstehen zum Ausdruck, ohne dass sie sagte, dass es gut oder in Ordnung oder verzeihlich sei, was ich getan hatte. Es war alles ausgesprochen worden und mit ihrem Verhalten zeigte sie mir, dass sie weiterhin an meiner Seite blieb.
Nun ist sie vor vier Tagen abgereist und will am Samstag mit frischen Einkäufen zurück sein. Allerdings wird sie mich dann nicht mehr antreffen.
Ich schreibe heute meinen letzten Eintrag. Es ist alles gesagt und es gibt keinen Grund mehr, das Unausweichliche weiter hinauszuzögern. Meine Schmerzen nehmen täglich zu, so dass es ohnehin nicht mehr lange dauern wird. Zum Glück konnte ich das meistens vor Hannah verbergen.

Ich hatte Dora damals verschwiegen, dass sich in dem Geschenkpäckchen zwei Seifenstücke befanden. Eines nahm ich damals spontan an mich, ohne zu wissen, warum und wofür ich es eines Tages brauchen könnte. Ich halte es seitdem in meiner Nähe versteckt. Ich erinnere mich beinahe jeden Tag an Eduards Kampf im Auto – es war grausam anzusehen, aber es ging sehr schnell. Vielleicht kann ich einen kleinen Teil meiner Schuld tilgen, indem ich diese Art des Sterbens wähle. Aber welche Schuld? Die an Paul oder die an Eduard? So viele Jahre habe ich darüber gegrübelt, welche Schuld schwerer wiegt. Jetzt bin ich müde, so unglaublich müde. Hannah gegenüber erwähnte ich vor ihrer Abreise das kleine Versteck, das sich zwischen dem Sammelsurium, das ich all die Jahre aus dem Meer gefischt habe, befindet.

Sie nickte wissend, ohne es sofort sehen zu wollen und ohne zu fragen, was sich darin befindet. Ich schätze diese weise Zurückhaltung an ihr sehr. Wenn es soweit ist, wird sie dort diese Aufzeichnungen und ein Foto von Paul finden.

Leb wohl.
Katharina

P.S.:

Liebe Hannah, sei mir bitte nicht böse, dass ich auf diese Weise von dir gehe. Ich sehe keinen anderen Ausweg mehr und meine Kraft ist aufgebraucht. Vielleicht hast du es auch schon geahnt? Deine Umarmung beim Abschied hatte etwas Endgültiges und etwas wunderbar Tröstendes.

Bleib doch, wenn du magst. Vielleicht erstmal nur solange wie Kater dich braucht. Er ist schon so alt und wird sich nicht mehr an einen anderen Ort gewöhnen können. Das Haus gehört dir. Er wird sich zu dir legen, wann immer du Trost brauchst, da bin ich sicher.

In Liebe, Katharina

ein zaun trennte rauchenden tod
von angst, die im ascheregen
grenzen verwischt

niemand hat etwas gesehen

entlang neu aufgestellter zäune
betrachtet man verwundert
und schaudernd die vergangenheit
während der regen die luft
die wir immer schon atmen
von asche reinwäscht

es geschah nebeneinander
doch gleich//zeitigkeit
berührt sich nicht
sie trägt das unergründliche geheimnis
ähnlich der unendlichkeit in sich
so nah, doch nicht greifbar

nun fährt der zug
rückwärts durch das land
zurück in das ewig gleiche

niemand sieht es